Chicos y chicas

Soledad Puértolas

Chicos y chicas

EDITORIAL ANAGRAMA

BARCELONA

Ilustración: foto © Stuart Franklin / Magnum Photos / Contacto

Primera edición: octubre 2016

Diseño de la colección: Julio Vivas y Estudio A

© Soledad Puértolas, 2016

© EDITORIAL ANAGRAMA, S. A., 2016
 Pedró de la Creu, 58
 08034 Barcelona

ISBN: 978-84-339-9820-0
Depósito Legal: B. 16668-2016

Printed in Spain

Liberdúplex, S. L. U., ctra. BV 2249, km 7,4 - Polígono Torrentfondo
08791 Sant Llorenç d'Hortons

A Polo

INCENDIOS

De todos los adolescentes que el verano de los incendios se reunían en el muelle del puerto a la caída de la tarde, Joaquín Muro era, sin duda, el más silencioso. Se mantenía un poco al margen. Sin embargo, jamás faltaba a la cita. En general, no se le ocurría nada que decir. Tomaba nota de lo que los otros decían para, quién sabe cuándo, en un caso similar, poder él decir palabras parecidas. Sobre todo, cuando era César Alvar quien hablaba. Alvar era el líder. Sin llegar a ser un chico guapo, tenía grabada en la cara una especie de determinación que lo hacía distinto. Todos decían que llegaría lejos.

Muchas noches, Joaquín se dormía reproduciendo en su cabeza comportamientos y frases de César, convencido de que al día siguiente se despertaría lleno de fuerza y seguridad, como si hubiese sido tocado por una varita mágica (la de los cuentos de hadas que leían sus hermanas), y que en la pandilla del muelle lo mirarían con respeto, como miraban a César Alvar. Lo cierto era que por las mañanas se olvidaba de sus esperanzas nocturnas, por lo que se mantenía a salvo de una sucesión incontable de desilusiones.

Al final del verano, fueron detenidos varios pirómanos. Uno de ellos, miembro de la guardia forestal. Como los pirómanos eran vecinos de aldeas del interior, en el pueblo nadie los conocía, pero al hilo de sus detenciones fueron saliendo historias de manías, vicios y aberraciones que se mantenían en secreto durante años y que, al desvelarse, producían asombro y estremecimiento.

Se habían perdido miles de hectáreas de bosque, y la gente del pueblo, y los veraneantes, lo comentaban apesadumbrados. Habían visto el cielo teñido de negro. El sol, al ponerse, era un remoto disco dorado cuyos contornos se desdibujaban en las tinieblas. Las olas dejaban voluminosos regueros de ceniza en la playa.

Para la pandilla del muelle, aquello fue un acontecimiento. Los incendios descontrolados significaban peligro, un peligro real, no inventado. Eran más emocionantes que los saltos al agua desde el extremo del muelle, el gran desafío del verano. Seguían practicando los saltos, pero ahora una luz dorada, que recogía el reflejo de las llamas, los envolvía, los convertía en escenas de una película que parecía de guerra,

10

de catástrofe. La tensión que reinaba en el ambiente, la preocupación con que los adultos seguían las noticias de los incendios, les causaba una gran excitación. Su pueblo y los de los alrededores salían en las primeras páginas de los periódicos y ocupaban un espacio en los telediarios. Eran el centro de atención. Tenían la sensación de ser un pueblo sitiado.

Fue en aquel verano de los incendios cuando Joaquín Muro adquirió seguridad. Poco a poco, perdió su condición de marginado. Él también podía contar historias. En su casa, las contaban. Historias de incendios y de sucesos tremendos. Cuando conseguía la atención de los demás, Joaquín ponía algo de su propia cosecha, algunas exageraciones que hacían que la historia tuviera algo de extraordinario, de fenómeno sin explicación.

Eso fue lo que Joaquín aprendió aquel verano. Era capaz de contar historias, de atrapar la atención de los demás. Esa herramienta estaba al alcance de su mano. Se ganó, incluso, la consideración de César Alvar. Al final del verano, casi eran amigos.

Los veranos que siguieron se distinguieron por la dispersión, la paulatina pérdida de la unidad, el desinterés por los juegos, la creciente necesidad de cada uno de ser algo más que eso, un miembro de la pandilla.

Uno de esos veranos anteriores al gran éxodo, llegó al pueblo una nueva familia de veraneantes. Enseguida se hizo notar, porque constituía un grupo extraordinariamente alegre y hermoso. Con la excepción del cabeza de familia, un hombre alto y fuerte, cuya cabeza estaba rematada por una mata de pelo oscuro y abundante, eran mujeres. Las había de todas las edades: una niña de unos diez años de mirada dulce y largo pelo rubio que peinaba de diferentes formas, las gemelas, de quince años, siempre de la mano o entrelazadas, igual vestidas, igual peinadas, rubias también, una impresionante jovencita de diecisiete, la distante belleza de la de dieciocho y, finalmente, el aire lánguido y decadente de la mayor, la madre.

¡Y cómo vestían! Colores claros, colores vibrantes. De blanco, algunas veces. Parecían ponerse de acuerdo para que todos los colores conjugaran. Las veías de lejos, avanzando lenta y desordenadamente por el paseo, y creías ver un cuadro en movimiento, una bandada de pájaros de nombre desconocido que hubiera decidido posarse un rato sobre la tierra.

Habían alquilado un piso en una de las casas de la alameda, una de esas casas con mirador que dan a la placita de las palmeras, que, en tiempos, había servido de punto de encuentro entre los drogadictos y los traficantes. Escondían las bolsas de la droga en los troncos de las palmeras. Siempre andaban merodeando por allí, delgados, encorvados, con la mirada perdida y la camisa sin abrochar. De eso hacía mucho tiempo, sólo los antiguos veraneantes y los viejos habitantes del pueblo lo recordaban. Ahora, la placi-

12

ta estaba ajardinada y los troncos de las palmeras estaban limpios.

Mar y Paz, así se llamaban las gemelas. Aunque andaban siempre juntas, fueron las que más se mezclaron con los otros veraneantes y los habitantes del pueblo. Eran alegres y comunicativas, y se pasaban el día en la calle. La gente del pueblo enseguida se acostumbró a su presencia casi ubicua, y cuando hablaba de ellas, de si acababa de verlas en tal o cual sitio, empleaba un tono de orgullo, como si ver a las gemelas fuera una especie de premio.

En relación con los chicos, eran muy desenvueltas, más que sus hermanas mayores, que tampoco eran exactamente tímidas, pero que no parecían interesadas en hacer conquistas amorosas. Las gemelas sí. Como coqueteaban con todos, no se podía saber si ellas tenían alguna preferencia. Les gustaba gustar, jugaban, se divertían.

Los miembros de la pandilla, sobre la que ya sobrevolaba una leve amenaza de disgregación, discutían entre ellos sobre quién sería, en realidad, el favorito de cada una.

César tenía la secreta esperanza de ser correspondido por Mar, y Joaquín soñaba, también en secreto, con Paz. No se lo confesaron el uno al otro. El verano acababa, la familia que parecía una bandada de pájaros de especie desconocida se marchó. Quién sabía si volvería el próximo verano. Quién podía saber, al fin, si ellos mismos volverían.

No volvieron. Ni la familia de las gemelas ni César ni Joaquín. De la familia de las gemelas no se sabía nada, pero en el pueblo se comentó que César pasaba el verano en un campamento de Irlanda y que Joaquín se había sacado un billete de Interrail.

Al cabo de varios veranos, corrió una noticia por el pueblo. Venía con una introducción. ¿Quién no se acordaba de aquellas gemelas tan simpáticas y dicharacheras? Y de toda la familia, por supuesto, las hijas mayores, de una belleza casi sobrenatural, la madre, con ese aire de cansancio elegante, esa forma de arrastrar un poco los pies al caminar y de dejarse caer sobre la silla de falso mimbre de uno de los bares del paseo marítimo. Pues bien: las gemelas se habían casado. Ésa, claro, no era la auténtica noticia, la noticia era que se habían casado con unos chicos de la pandilla del muelle, se habían casado con Joaquín Muro y con César Alvar, sí, también se acordaban de ellos. De César porque era el más guapo, el que gustaba a todas las chicas. De Joaquín porque, no sé, tenía mucho encanto, sabía cómo tratar a la gente, hablaba con todo el mundo, un chico muy agradable.

¡Qué vueltas da la vida! Lo curioso era que tanto en uno como en otro caso el reencuentro se había producido lejos del pueblo, pero, naturalmente, los recuerdos de aquel verano –el verano de la familia de los pájaros– habían debido de renacer y jugar un importante papel. En ese escenario habían tenido lugar las primeras miradas. ¿Cómo no iba a comentarse el hecho? Un hecho doble, por cierto. Dos bodas. El origen de esas historias estaba ahí, en el pueblo.

Se fueron conociendo más detalles. Primero se habían casado Mar y César. Un mes después, Paz y Joaquín. Las gemelas no quisieron casarse en la misma ceremonia. Lo que de verdad les habría gustado hubiese sido casarse una un día y al día siguiente la otra, pero la madre se negó, era demasiada tontería. Al menos, un mes de separación, impuso. Todo esto se comentó en el pueblo y a la gente le pareció muy bien, como si estuviera lleno de lógica. Se trataba de una familia distinta a todas. Una familia que un año había escogido este pueblo para pasar el verano.

Se sucedieron los veranos, otros veraneantes vinieron por primera vez, por segunda, por tercera vez, otros dejaron de venir, los viejos habitantes del pueblo se hicieron más viejos, algunos murieron, los jóvenes se hicieron mayores, los niños, jóvenes. Quedaban algunos de los veraneantes de siempre, se les reconocía enseguida, se movían por las callejuelas, por las plazas, por el paseo marítimo, sin mirar hacia los lados, se saludaban unos a otros, pedían, en los bares, sus vinos y sus tapas de siempre. Hacían sus pedidos de otro modo, entre discretos y ostentosos, dueños del lugar. Puede que alguno, si se le preguntara, recordara aún a aquella familia, y a las gemelas, y a los chicos de la pandilla del muelle y el año de los incendios. No había pasado un siglo, ni mucho menos. Pero el tema de las conversaciones cambia con el tiempo, como cambian las noticias del periódico y las canciones del verano. Probablemente, esos nombres –Mar, Paz, César, Joaquín– dejaron de oírse por el pueblo.

Joaquín se sentía colmado. Su vida profesional marchaba sobre ruedas. Se encontraba muy bien situado para optar, en unos años, a la cátedra en la que ahora desempeñaba el papel de ayudante. El matrimonio veía a Mar y a César con mucha frecuencia. Las gemelas, por supuesto, se veían entre ellas mucho más. Se veían y hablaban por teléfono y, probablemente, pensaban mucho la una en la otra. Más que pensar, se sentían. Nunca estaban totalmente separadas.

Algunas veces, César le comentaba a Joaquín:

–Tengo la impresión de no estar del todo casado. Casarse con una gemela no es, como a primera vista podría parecer, casarse con dos mujeres, sino no estar casado del todo.

Joaquín callaba. ¿De qué se quejaba César?, ¡qué ganas de sacarle punta a las cosas! Era un triunfador, trabajaba en una empresa de productos químicos y tenía un sueldo impresionante. En lo que hacía a Mar, vaya, de eso sí que no podía quejarse en absoluto, ¡Mar estaba llena de virtudes! Más que Paz, para ser sinceros. Era más trabajadora, estaba más pendiente de la casa, de su marido y de sus hijos, echaba una mano a todo el que se lo pidiera, y siempre tenía una palabra amable para él. Comparada con ella, Paz resultaba casi desidiosa. No le gustaba el trabajo de la casa, de hecho pasaba mucho tiempo echada en el sofá viendo series de televisión que luego le resumía a su hermana. Miraba al resto del mundo con extraordinaria distancia, como si no lo acabara de ver. Para ella, sólo existían de verdad su hermana y las series de televisión. Pero Joaquín no le ponía ninguna pega. Tenía muy buen carácter. Nunca se sentía desbordada ni agobiada ni presionada por nada. Vivía inmersa en una burbuja de calma, de lentitud.

César parecía cada día más apagado, más taciturno. Algo no marchaba bien. En una visita médica rutinaria, se le diagnosticó un cáncer muy avanzado. No había nada que hacer. Le dieron dos meses de vida. Duró seis. Mientras la enfermedad avanzaba de forma lenta e irremediable, César Alvar, curiosamente, recuperó su alegría, su ingenio, como si saber que iba a abandonar el mundo muy pronto fuera un estímulo para él. Mar no se separaba un segundo de su lado. Paz la iba a visitar (a ella, no a César) dos veces al día, por la mañana y por la tarde. Se echaba en el sofá, en el cuarto de los niños, y veía la televisión con ellos. Llegaba a ciertos acuerdos con sus sobrinos para que la dejaran ver sus series favoritas. A los niños, su tía les caía bien. En cierto modo, era como ellos.

Joaquín solía ir a recoger a su mujer a última hora de la tarde, intercambiaba unas frases de cortesía con César, que estaba cada vez más ausente, y charlaba un poco con Mar, que luchaba por mantenerse animada.

Parecía que esa rutina fuera a durar siempre. Cada uno representaba su papel, cada vez con mayor naturalidad, con mayor comodidad. Estaban viviendo en un bucle del tiempo. Se habían acostumbrado a una espera que los situaba al margen de los acontecimientos del mundo. Nada podía afectarles de verdad, estaban afectados por una amenaza mortal que avanzaba lentamente. Respiraban el aire enrarecido de la enfermedad, vivían el horario de las medicinas, hablaban en un tono ligeramente forzado, ligeramente agudo, sobre asuntos que no les interesaban, guerras, acuerdos, lluvias, negocios que se cierran, jóvenes que emigran. Éste es el mundo que nos ha tocado vivir, decían. Al llegar a la palabra «vivir», la voz les temblaba un poco.

Mar llamó a su hermana.

—Ya está —dijo—. Ya se ha ido.

—Ahora mismo vamos —dijo Paz.

Entre ellas, no se llegó a pronunciar la palabra «muerte».

Joaquín Muro se ocupó de todos los trámites. Le dijo a Paz:

—El piso de abajo está desocupado, podríamos preguntar al dueño qué piden de alquiler, sería estupendo que Mar y los niños vivieran cerca de nosotros.

Al cabo de unos meses, la viuda de César Alvar y sus tres hijos vivían en el piso que quedaba justo debajo del suyo.

Mar estaba totalmente dedicada a sus hijos y, de paso, a sus sobrinos, y se ocupaba de mantener en orden la casa y, de paso, la casa de su hermana. Las gemelas salían juntas a la compra por las mañanas, luego Paz escuchaba las instrucciones que Mar daba a la cocinera y seguía a su hermana por el piso (por los dos pisos). Mar nunca estaba quieta. Cuando se sentaba, cogía una labor y cosía, o hacía calceta. Siempre tenía más de una labor entre manos. Algunas veces, Paz cogía la caja de los hilos y los ordenaba, o doblaba bien las telas que utilizaba Mar para los remiendos y arreglos de ropa. Cuando regresaban los niños del colegio, jugaba con ellos. Algunas tardes de primavera y de verano, después de la merienda, salían todos al parque. Mar dejaba de ser la madre responsable. Allí, al aire libre, era la gemela de su hermana, se reía como ella, hablaba como ella. Se abandonaba.

Sentadas en un banco, contemplando el juego de los niños, se les ocurrió: pasar el verano en el pueblo. ¡Qué felices habían sido! Fueron libres. Por primera vez, no tenían que explicar qué era lo que hacían a todas horas, nadie les pedía cuentas. ¿Qué pasó aquel verano?, ¿por qué saltaron por el aire todas las normas?

—¡Estábamos solas! —exclamó Paz—. Ese año no estaba la señorita con nosotras.

La señorita, era verdad. Casi la habían olvidado. Había sido la guardiana de su infancia y, en cierto modo, de la familia entera. Una mujer de edad indefinida, no del todo amable, no del todo antipática. Una presencia neutra pero incómoda. Un testigo. Era pelirroja.

—Hasta mamá la temía —dijo Paz—. Aquel verano todos fuimos felices.

Mar, de pronto, se echó a llorar. Nunca había llorado tanto, ni siquiera por la muerte de César. Tenía una pena infinita, el recuerdo de aquel verano le había traído una avalancha de penas, de cosas dejadas atrás sin darse cuenta, perdidas. Ese verano había conocido a César, aunque no se había enamorado de él sino dos, quizá tres, años después, cuando se lo había encontrado en casa de unos amigos. Pero sí, se había fijado un poco en él. Casi podía verlo. Un chico delgado de mirada despierta que deambulaba solo por el pueblo como si buscara algo. Se sintió recorrida por una corriente de amor. ¿Cómo no se había dado cuenta de hasta qué punto lo amaba? No había sabido mostrar su amor, ni siquiera lo había reconocido en su interior. Ahora, el amor se había convertido en un peso vacío, un recipiente que nada contenía y que seguía ahí, inútilmente guardado.

Paz se lo comentó a Joaquín:

—No sé qué le ha pasado —dijo—. Estábamos en

el parque con los niños, sentadas en un banco. No sé cómo, nos pusimos a hablar del pueblo, incluso se nos ocurrió pasar allí el verano. De pronto Mar se ha echado a llorar. No podía parar.

Joaquín se quedó pensativo.

—¿Por qué no hablas con ella? —dijo Paz—. A ti te hace mucho caso. Pregúntale si quiere ir al pueblo. Algo tendremos que hacer en verano. Si el pueblo le produce tristeza, no podemos ir.

A última hora de la tarde, Joaquín bajó al piso de su cuñada. Los niños ya se habían bañado y habían cenado. En ese momento, se iban a la cama. En la casa, reinaba el orden. El televisor estaba encendido, pero Mar, con el cesto de la costura sobre el regazo, parecía no prestarle mucha atención. Levantó los ojos.

Sí, ha llorado mucho, se dijo Joaquín.

Mar dejó a un lado la labor.

—No te esperaba —dijo—. Nadie viene a casa a estas horas.

Su tono era de ligera sorpresa. A la vez, había en su voz un matiz de alivio, como si le gustara la visita.

—¿Quieres tomar algo?

Joaquín aceptó una copa de vino. No era bebedor, ni fumador, pero necesitaba tener algo en las manos.

—Paz me ha comentado que habéis estado hablando del pueblo, quizá podríamos alquilar una casa para el verano. No sé si es una buena idea, yo no estoy muy seguro.

Mar miró a Joaquín con curiosidad.

–¿Erais muy amigos César y tú? –preguntó–. No recuerdo haberos visto juntos.

–César era el jefe –dijo Joaquín–. Los demás íbamos detrás de él. Yo era muy inseguro, me inventaba historias para impresionarles.

Mar sonrió.

–¿Lo conseguiste?, ¿conseguiste impresionarles?

–Quizá sí. Eran historias truculentas, de niños que vivían encerrados en el establo, encadenados. De mayores, se convertían en pirómanos o en asesinos... Cuando hacía mucho calor y soplaba el viento, había incendios. Los coches se quedaban atrapados, alguna vez hubo muertos.

Mar asintió, como si también ella recordara algo.

–Lo terrible era la maldad, la venganza, los monstruos. Yo cargaba las tintas. Todos me escuchaban.

–¿También César?

–Sí, también él. Él era el que más me importaba. Me habría bastado con que me escuchara él.

Mar extendió la mano, la posó sobre la de Joaquín.

Joaquín acarició, sin ser del todo consciente, la mano de Mar.

–Si no quieres ir al pueblo, no iremos. Podemos alquilar una casa en cualquier otro sitio.

Mar negó con la cabeza. Retiró la mano.

–Sí, quiero ir –dijo.

Joaquín se miró las manos vacías, cogió la copa de vino, dio un trago. Se puso en pie.

—De acuerdo, me ocuparé de buscar algo —dijo.

Mar lo acompañó hasta la puerta.

—Gracias —musitó, y dejó un beso en sus labios.

Joaquín subió lentamente las escaleras que separaban el piso de Mar del suyo.

Mar se quedó un rato apoyada contra la puerta cerrada.

Alquilaron una casa cerca del puerto. Era lo bastante grande para que se acomodaran las dos familias, y aún sobraban habitaciones. Tenía una galería acristalada y un jardín interior. Cuando la vieron, la reconocieron. A pesar de los años transcurridos, los tres —Mar, Paz y Joaquín— recordaban la casa. Grande, casi un pazo, con muchas historias a sus espaldas, ¿de quién sería? A sus misteriosos habitantes no se les veía nunca, pero al anochecer había luz tras los visillos. Quizá alguien les hubiera dicho alguna vez quiénes eran y ellos, los tres, lo habían olvidado.

La madre de las gemelas y las hermanas mayores fueron a pasar unos días. El padre había muerto hacía unos años. Las hermanas mayores no se habían casado. Mar preparó un cuarto para las tres.

El día de su llegada, al anochecer, salieron todos a dar una vuelta por el pueblo y recalaron luego en la terraza de uno de los bares del paseo marítimo. Ocupaban dos mesas.

Elena, la madre de las gemelas, la suegra de Joaquín, encendió un cigarrillo. Luz y Vanesa, las hijas mayores, la riñeron un poco, ¡otra vez fumando!, ¿cuántas veces nos has prometido que ibas a dejar de fumar? Paz dijo:

—Haz lo que quieras, mamá, no les hagas caso.

Mar se encogió de hombros y le lanzó a Joaquín una mirada risueña. Hablaron de Marina, la pequeña, que estaba en Berlín, algo que no entendía nadie, se le había metido en la cabeza aprender alemán. Los niños, cuatro, dos de cada gemela, acabaron por abandonar las mesas y se fueron al parque infantil, justo al lado del bar.

—El verano de los incendios... —dijo alguien, una voz que provenía de otra mesa.

La voz se diluyó, la historia que probablemente venía después no se podía entender. La frase inacabada despegó a Joaquín Muro del presente, de las cinco mujeres que le rodeaban. Volvió ligeramente la cabeza, pero la mesa de atrás estaba desocupada.

—Voy a dar una vuelta —le dijo a Paz.

Paz asintió, apenas sin mirarle. Estaba pendiente de su madre. La miraba, con la sonrisa en los labios y los ojos llenos de luz. Extasiada.

CONFESIÓN

Mientras se arreglaban para bajar a desayunar, él le había propuesto a Bea que fueran a dar una vuelta por el centro de la ciudad. Había edificios y rincones interesantes, Manuel ya se había marcado un itinerario. Bea se opuso. Dijo que las ciudades no le interesaban, que todas eran muy parecidas, con las mismas tiendas, los mismos bares.

Pero Granada es Granada, alegó él, no se trata de una ciudad cualquiera. Tiene rincones, plazas, calles muy especiales, además de los edificios, las iglesias, los cármenes.

–Ve tú –dijo Bea–. No me encuentro muy bien. Hoy prefiero descansar. Ayer me acosté muy cansada. La visita a La Alhambra se llevó todas mis energías. Me colmó. Estoy llena de La Alhambra. No me cabe nada más.

–Quizá tengas razón –admitió Manuel–. Podemos dedicar la mañana a pasear por el parque, tomamos algo en el mismo hotel y luego vamos a la estación, todo con mucha tranquilidad. También hemos venido a descansar, a relajarnos, es verdad.

Bea sonrió y le acarició la mano. Pero esa caricia, que Manuel rememoró más tarde, tenía un aire de condescendencia, como la madre que se esfuerza por ser paciente con su hijo.

Desayunaron con calma –el comedor, cuyas paredes estaban recubiertas de azulejos, transportaba a los curiosos viajeros de principios del siglo XX–, recogieron sus cosas y las guardaron en la maleta, bajaron a recepción y pagaron la cuenta. Dejaron el equipaje en la consigna del hotel.

La mañana era fresca. Soplaba un airecillo reconfortante, lleno de olores. Caminaron en silencio y se encontraron ante las amplias puertas de la verja de un jardín. Un «carmen» abierto al público. Recorrieron buena parte de sus inacabables senderos, de las plazuelas, las fuentes, las terrazas que se sucedían de forma escalonada, bordeadas por macizos de arrayanes, líneas horizontales sobre las que destacaban los cipreses. Los jardines estaban casi vacíos. Aquí y allá, entre los setos y los arbustos, se divisaban jardineros ocupados en fumigar. La masa de gente que la calurosa tarde anterior llenaba el recinto de La Alhambra estaba en otra parte. En la ciudad, callejeando, o ya en un tren o un autobús, dirigiéndose hacia otro lugar.

Al salir del jardín, siguieron un sendero de albero que, les pareció, debía de conducir a su hotel. Ahora, el viento, más fuerte, formaba remolinos en los que giraban pequeñísimas partículas de un color desvaído, indefinido. ¿Qué eran? Las retuvieron en sus manos: pétalos de flores. El olor se había intensificado. Ozono, fruta, pino. Producía cierto mareo.

Descubrieron un letrero a su izquierda: «Casa-Museo Osuna». El letrero consistía en un simple e irregular pedazo de madera con las letras grabadas, sin colorear, medio oculto entre los árboles. Nadie les había hablado de ese museo, ni siquiera, dijo Manuel, figuraba en las guías. Pero hacía viento y aún no era la hora del almuerzo.

Descendieron por unas escaleras muy empinadas, cruzaron dos o tres plazoletas de un jardín alargado, empujaron una puerta color añil, accedieron a un patio de pequeñas dimensiones. «Si desean visitar la Casa-Museo Osuna, llamen al timbre», rezaba un cartel pegado con cinta adhesiva en la puerta, también pintada de color añil. El mensaje estaba escrito a mano, con tinta que había ido perdiendo intensidad.

En ese momento, Bea se echó para atrás. Manuel lo recordaba perfectamente. Ese gesto de rechazo, de iniciar la retirada. La timidez de Bea suponía, en muchas ocasiones, un obstáculo. De pronto, llamar al timbre a Bea le parecía una intromisión, algo que podía ser considerado inconveniente. Pero él lo presionó con fuerza. Habían bajado las escaleras, atra-

27

vesado el jardín, empujado la puerta del patio, ¿qué razón había para no seguir? Además el cartel lo indicaba claramente, por desvaída que fuera la tinta en que estaba escrito y aunque estuviera escrito a mano. ¿No había sido Bea, en realidad, quien había mostrado más curiosidad por saber de qué trataba ese museo del que nunca habían oído hablar? Pero Bea, ahora, se había alejado de la puerta para dar constancia de su repentina falta de interés. Había sido invadida por un miedo irracional, absurdo, algo relacionado con la vergüenza, con la inseguridad.

De hecho, y como nadie parecía responder a la llamada del timbre, cuyo sonido había sido muy sordo, un eco que provenía de muy lejos, se dispusieron a abandonar el lugar. Un joven alto y moreno hizo su aparición. Llevaba un manojo de llaves en la mano.

¿Querían visitar la casa? Muy bien. Abrió la puerta con una llave muy grande y oscura. Antigua, evidentemente.

–Son cuatro euros la entrada –dijo.

Les dio los tickets. El hombre se quedó ahí, delante de ellos, mirándolos, examinándolos de arriba abajo, como si estuviera considerando si eran merecedores del privilegio que se les iba a conceder.

–¿Conocen la historia de la casa? –preguntó.

–No –dijo Bea–. Estábamos paseando y nos ha llamado la atención el letrero.

El chico sonrió fugazmente. Una sonrisa de suficiencia, como si fuera perfectamente consciente de que ellos no tenían ni idea de dónde se encontraban. Eran los típicos ignorantes, como la mayoría de los viajeros. Turistas.

Esfumada la sonrisa, el joven empezó a hablar. Era una voz sin cadencias, sin tono. Les contó la historia de la casa. El tal Osuna era pariente lejano de los Osuna, de quienes no hacía falta dar ninguna información, por supuesto. En el fondo, el guía, sin variar ni un ápice el tono de su voz, ponía en duda que fuera pariente de verdad, eran muchos —no dijo cuántos ni quiénes, ni qué clase de gente eran— los que sospechaban que había adoptado el nombre sin más ni más. Pertenecía a la bohemia de la Granada de antes de la guerra. Indudablemente, se trataba —el tal Osuna— de un tipo raro, católico, liberal, curioso, elegante, casi podía decirse que presumido, hasta vanidoso, muy bajito, por cierto —dijo el guía—, usaba zapatos con un poco de alza, detalle que delataba lo presumido que era. Coleccionaba amistades y coleccionaba objetos bellos, era un excéntrico, un solitario que vivió con su madre, y cuando la madre murió, una mujer muy guapa —declaró, ufano—, se fue a vivir con él, en fin, a organizar la casa, a facilitarle la vida, una sobrina, no demasiado agraciada, por cierto, pero tampoco fea. Muy lista, eso sí.

El guía los miró, repentinamente callado, como si hubiera olvidado algo importante.

—Lista como... —Volvió a callarse, ese algo que buscaba no aparecía.

—Como Briján —dijo Bea.

—Eso mismo, como Briján —dijo, satisfecho, cómplice, el joven—. ¿Conoce usted el dicho de Briján?, yo nunca lo he sabido. Era una expresión que empleaba mi abuela. Me hacía gracia.

—Era un mago, una especie de brujo —dijo Bea, ante el asombro de Manuel—. Vivía en una cueva, cerca de Zugarramurdi. Muy listo. Parece que hasta las mismas brujas le consultaban. Por eso se dice: «Es más listo que Briján.»

—¿Sí?, ya ve, siempre se aprende algo —comentó el guía, recuperando el tono de suficiencia.

Dieron un paseo por la casa. El dormitorio que había ocupado primero la madre del excéntrico y luego la sobrina. El dormitorio del excéntrico. El cuarto de trabajo, también llamado taller. ¿De qué? De todo y de nada. Osuna tenía muchas aficiones, encuadernaba libros, arreglaba radios, afilaba cuchillos. Aficiones de todas clases, normales y muy raras, casi sospechosas. Lo de los cuchillos, por ejemplo.

El guía, imperturbable, los condujo a la sala de estar. No es que pudiera caber mucha gente allí. El espacio, muy pequeño, estaba abarrotado de objetos de todas clases y de todos los tamaños. Jarras, cuadros, retratos, muebles, lámparas, telas orientales y africanas (medio rotas), adornos, estatuillas. Unas cosas de buen gusto, otras no tanto. El guía explicó qué era cada cosa, dónde se había adquirido. Se remitía con frecuencia al carácter caprichoso del coleccionista.

30

Ahí sí que su tono cambiaba un poco. No demasiado, se trataba de un leve matiz irónico. Sí, Osuna era muy bajito, insistía inmediatamente, un tipo raro. Cuando compró la casa –era un «carmen», especificó– y se llevó a su madre, viuda desde hacía años, a vivir con él, a la madre, que había sido una de las bellezas de la época, prácticamente ya no se la volvió a ver fuera de la casa. Lo mismo sucedió con la sobrina, que tenía estudios y quería ejercer la medicina, una pena, eso que se perdió el mundo. Historias raras, sí. Y muy desconocidas, subrayó. Casi secretas.

Habían llegado a la puerta. La despedida fue muy rápida. Ellos musitaron unas frases de agradecimiento. El guía había enmudecido, hizo un gesto ambiguo, como de quien ha optado por quitarle importancia a todo, a un museo que nadie conoce, a la vida. Quizá, incluso se arrepentía de haber hablado tanto y se decía ahora que ellos no eran merecedores de tanta información.

Atravesaron las pequeñas plazoletas del estrecho jardín con cierta tensión, como quien huye de algo –los dos se habían quedado extrañamente conmocionados–, subieron las empinadas escaleras que los devolvieron al camino que descendía suavemente hacia el hotel. El cielo se oscureció y rompió a llover, unas gotas gruesas nada frías. Caían desordenadas, azotadas por el viento. Tenían una consistencia espesa, como si fueran de aceite.

Se refugiaron en el único sitio que podía ofrecer

cobijo, una tienda de artesanía, lo que a Manuel no le interesaba lo más mínimo, no tanto por la artesanía sino, sobre todo, por tratarse de una tienda, un lugar donde se compran cosas, la gran pasión de Bea. Como la tienda granadina que era, la artesanía se centraba en la marquetería y la cerámica. Bea lo miró todo con enorme interés, la dueña se le acercó y emprendieron una larga conversación. Ésa era una de las virtudes de Bea, hablar con desconocidos como si los conociera de toda la vida. Escogió algunos objetos pequeños y se interesó por una mesa de marquetería de forma octogonal, de poca altura. A ella –le dijo Bea a la dueña– le habría gustado mucho más si el barniz hubiera sido natural, sin plastificar. La dueña asintió, comprensiva. Poco después, detrás del mostrador, la dueña le pidió a Bea su dirección de correo electrónico, porque, sugirió, podía preguntar al artesano que trabajaba para ella si podría aplicar barniz natural a una mesa, como un encargo especial, en cuyo caso, señaló, debería hacerlo «con muñequilla».

–Un trabajo costoso –añadió–. Pero estoy de acuerdo con usted, es mucho más bonito.

Tras un leve titubeo, Bea dictó a la dueña la dirección de su correo.

Después de realizar el pago de los objetos que había escogido Bea, cajas de marquetería, platillos de cerámica, pisapapeles, cubiletes para diferentes usos..., Manuel descubrió en un estante medio escondido, entre delgadas guías de La Alhambra, un ejemplar de

32

los *Cuentos de la Alhambra* de Washington Irving, se lo tendió a la dueña y volvió a sacar la cartera.

—Es el último libro que nos queda —dijo la dueña—. Antes tenía muchos, y guías muy buenas, pero ya nadie compra libros. Ni siquiera guías. Les basta con el plano que les dan en el hotel o a la misma entrada de La Alhambra.

Había dejado de llover cuando salieron de la tienda.

—No has debido darle el correo —dijo Manuel—. Ahora te bombardeará con toda clase de mensajes, los vendedores son unos pelmas.

—Sí, ya lo he pensado —contestó Bea—, pero no he podido negarme, pensé en darle un correo falso, pero me ha dado no sé qué.

—No te gusta mentir —dijo Manuel, en un tono que a él mismo le pareció absurdamente acusatorio.

Bea se quedó pensativa, como estudiando la respuesta.

—Se habría dado cuenta de que le he mentido —dijo.

—No la vas a volver a ver en toda tu vida.

—Da igual, pero ya me conoce, nos conocemos, no tengo por qué desconfiar, no me gusta engañar así como así, de una forma tan gratuita.

—¿Sabes lo que es una «muñequilla»? —preguntó Manuel.

—No, pero me lo imagino. En todo caso, no debe de ser una máquina. Seguramente se pone alrededor de la muñeca. Una especie de paño.

En el hotel se dirigieron directamente al comedor. Después de encargar la comida, dijo Bea:

—Reconozco que me inquieta lo de esa mujer. Es absurdo, pero tengo miedo de que me obligue a comprar la mesa. No la he encargado, simplemente me he interesado por ella.

—No la has pagado, no te puede obligar a nada —dijo Manuel, medio riéndose, y añadió—: La mujer dijo que te enviaría un presupuesto.

—Sí, ya sé que es un miedo absurdo.

El tren salía a media tarde. Después de comer, fueron a la sala de lectura del hotel —eso decía un rótulo— para descansar un rato. Había un gran televisor y algunos libros, pocos, en unas estanterías situadas bajo las ventanas, viejas guías, algunas buenas, libros usados, olvidados o dejados ahí, una vez leídos, por los viajeros. En el exterior, soplaba un viento racheado. La tarde se oscureció.

Bea recostó la cabeza en el respaldo del diván y cerró los ojos. Manuel abrió el libro de Washington Irving y ojeó las ilustraciones. Eran reproducciones de aquellos extraordinarios dibujos de viajeros ingleses, alemanes y franceses que quedaron fascinados por los escenarios orientales de La Alhambra y que, sin duda para realzarlos, decidieron poblar sus detallados dibujos de personajes folklóricos, muy bien vestidos, incluso enjoyados, que contrastaban poderosamente con las ruinas del edificio. Con todo, prevalecía cierto aire de inocencia, de ingenuidad, como si los dibujantes supieran que, efectivamente, eran un adorno, una invención.

—Tenías el ceño fruncido —le dijo a Bea cuando ella abrió los ojos—. ¿Sigues pensando que vas a tener que comprar la mesa de marquetería? —sonrió, porque el asunto, en el fondo, le hacía gracia.

—¿Qué mesa? No, eso ya está olvidado, a lo mejor la señora ni siquiera me escribe, o no encuentra mi correo en su cuaderno, era un cuaderno muy desordenado, estaba lleno de anotaciones.

Bea se incorporó.

—Estaba pensando en el guía del museo —dijo—, ese chico tan extraño. El museo ya era raro de por sí, tan colmado de cosas, aunque algunas de ellas fueran bonitas, pero resultaba agobiante. Y no puede decirse que el chico admirara al personaje, a ese tal Osuna, todo lo contrario, parecía empeñado en desacreditarlo, que si era muy bajito y muy caprichoso, casi maniático y medio farsante, no parece muy apropiado que un museo tenga un guía así. Era un chico de lo más raro. ¿Te fijaste en que cada vez que entrábamos en una habitación, antes de soltar el correspondiente discurso sobre la procedencia de los objetos que la llenaban daba unos golpes con los nudillos de la mano sobre la superficie de una mesa o del cristal de una ventana, como para reclamar nuestra atención? Tenía ese tic, un poco impertinente, la verdad, como si estuviera dando clase a niños pequeños. Un tipo inquietante. Como uno de esos personajes que aparecen en

35

una película de Hitchcock y que están ahí para dar ambiente, para que el espectador empiece a sospechar de todas las personas, de los más pequeños detalles.

—Sí —dijo Manuel—, me fijé en los golpecitos. Era un tipo raro, sí.

Tenían tiempo de sobra. Lo hicieron todo despacio, con calma. Recogieron la maleta que habían dejado en la consigna del hotel, comprobaron que aún había sitio en ella para las compras. Pidieron un taxi y esperaron la llegada del tren.

Allí estaban, de nuevo, sentados en sus butacas, con la perspectiva del viaje, esta vez de regreso. Les sirvieron una merienda-cena, que tomaron, y pidieron luego una bebida.

Faltaba una hora para que el tren llegara a su destino.

Una hora es suficiente, se dijo Manuel. Es una buena medida. No voy a tener una oportunidad como ésta.

Sin embargo, la víspera, al salir de casa, no lo había planeado. Fue una decisión repentina. Dijo:

—He conocido a una chica.

Bea le miró, como si no entendiera sus palabras.

—Una chica —repitió él—. Una mujer que significa mucho para mí.

Bea salió de su mutismo.

—¿Por qué? —preguntó, con las manos pegadas, abrazadas, al vaso, que aún contenía algo de bebida.

—No lo sé —dijo Manuel—. Ha sucedido porque sí, no era algo que estuviera buscando.

—¿Por qué me lo cuentas ahora, aquí? Eso es lo que te estoy preguntando —dijo Bea, en un tono un poco elevado—. No me puedo mover, no puedo gritar, estamos en un tren, no me puedo ir a mi cuarto. ¿Cómo se te ocurre decirme una cosa así en este momento?

—Quizá no haya sido muy oportuno —admitió él.

—Desde luego que no —dijo Bea—. ¿Para qué hemos ido a Granada?, ¿qué sentido tiene este viaje? No entiendo nada.

—No pensaba decírtelo, no sabía cuándo decírtelo, ni siquiera sabía si te lo iba a decir.

Bea dejó el vaso sobre la pequeña mesa abatible y se cubrió la cara con las manos.

—¡Sí, te lo podías haber callado!

—No quería engañarte, nunca he querido hacerlo. Ha sido algo totalmente inesperado.

—¡Calla ahora, al menos! —dijo Bea casi gritando—. No digas nada más. Aquí no podemos hablar.

Luego se levantó y se fue en dirección al servicio.

Se había llevado el bolso, quizá había ido a la cafetería. Nadie se escapa de un tren, se dijo Manuel. Suspiró y abandonó, él también, su asiento.

Bea estaba en la cafetería, acodada en el mostrador alargado situado bajo las ventanillas. Miraba de frente a un paisaje que cambiaba velozmente.

Manuel avanzó hacia ella. Bea no movió la cabeza.

—Me siento muy desgraciado —susurró Manuel.

—Yo también —dijo Bea, aún sin mirarle—. Pero me repondré y tú no. Tú no te repondrás nunca.

Manuel se estremeció. Algo más que eso. Estaba rozando el pánico.

—No quiero hacerte daño —dijo—. Jamás lo haría. Dejaré a esa chica. Te lo he dicho sin pensarlo, no podía vivir con eso, tenía que sacármelo de dentro. No sé cómo me metí en este lío, pero saldré. Se ha acabado. Ya no me importa nada.

—¿Salir?, ¿dejar?, empleas unas palabras que... Pero no quiero hablar ahora. No es el momento. Déjame sola. Luego iré a mi asiento, cuando estemos a punto de llegar. Ahora déjame. Vete.

Bea habló en voz baja, pero el tono era terminante, no cabía la réplica. Dedicó a Manuel una fugaz mirada. Más que de ira, era de determinación. Era una orden.

¡Ojalá se pudiera desaparecer súbitamente, sin más ni más, como hacen los magos con sus compinches en los escenarios!, se dijo Manuel. Desaparecer, esfumarse, borrarse a sí mismo del mapa. Del tren. ¿Cómo se le había ocurrido hacerle a Bea esa confesión?, ¿por qué? Ahora lo veía con toda claridad: no estaba enamorado de María. Era muy guapa y tenía diez años menos que él, pero después de un rato de estar con ella a Manuel le entraba un gran desinterés, un incómodo aburrimiento. María, en los momentos más inoportunos, se lanzaba a hablar (a parlotear) sin ton ni son, hablaba de su familia, de sus amigas, de sus recuerdos. Hablaba mucho de sí misma, eso también. Soy así, soy asá, eso hice, eso dejé de hacer. Manuel no la escuchaba, pero María se daba cuenta y protestaba, así que no tenía más remedio que mostrar interés. En cambio, con Bea no se aburría nunca. ¿Era eso una prueba de amor?, ¿se le puede decir a una mujer sé que te amo porque contigo no me aburro nunca? Pues sí, eso era una prueba, y podía decirse perfectamente, aunque todo el mundo se lo callaba porque no acababa de sonar bien.

El tren llegó a la estación. Bea no había regresado a su asiento. Estaba de pie, junto a la maleta, en la plataforma inestable donde se unen los vagones. Esperaba, rodeada de viajeros, a que se abrieran las puertas del vagón. ¿Qué iba a pasar ahora?, ¿permanecerían callados durante el recorrido por los pasillos de la estación camino del aparcamiento donde habían dejado el coche?, ¿seguirían herméticamente callados durante todo el trayecto a casa?, ¿cuándo volverían a hablarse?, ¿qué se dirían?, ¿cómo iba a resolverse la situación?

Bea, en efecto, no despegó los labios. Ni siquiera le miró. Tiraba de la maleta, que contenía ropa y cosas de los dos, junto con las compras de última hora en la tienda de artesanía, que ahora estaba muy lejos, si es que seguía existiendo. Manuel trataba de acomodarse a su paso, de no quedarse atrás. No podía perderla de vista. ¿Y si echaba a correr y desaparecía para siempre?

Sin embargo, Bea se detuvo frente a la máquina de pago automático del aparcamiento, donde la víspera habían dejado el coche, lejos los dos de sospechar que las últimas horas del viaje iban a ser tan intensas. Manuel, como de costumbre, tuvo dificultades con la máquina. Primero, le costó dar con el ticket del aparcamiento, luego, con la correspondiente ranura. Siempre era así, pero en esta ocasión sus manos eran más torpes, temblaban un poco. Por una vez en la vida, Bea no hizo ningún comentario, como si la lentitud o la falta de previsión de Manuel fuera, de pronto, un asunto de la menor importancia. Realizado el pago, Manuel echó a andar hacia el aparcamiento. Sentía, a sus espaldas, la presencia de Bea siguiendo sus pasos, y el ruido que producían las ruedas sobre el suelo de hormigón o lo que fuera, un suelo áspero, quizá para evitar que los vehículos patinaran. Cuando localizaron el coche, Bea dejó la maleta junto al suelo, en un gesto que parecía indicar que la maleta, desde ese momento, era cosa de él. Ella ya había cumplido su parte. Entró en el coche y se acomodó en el asiento.

Se cruzaron algunas frases, porque Manuel no encontraba la salida, algo habitual en él, como su mala relación con las máquinas de los aparcamientos.

Bea, por el contrario, tenía gran capacidad de orientación en esa clase de lugares. Fue dando las indicaciones precisas en un tono neutro, como de robot. Eso no era hablar, el mutismo y la distancia entre ellos no se había resuelto.

—Déjame en la puerta de casa —dijo Bea cuando enfilaron la calle en la que se encontraba su vivienda—. No me apetece bajar al sótano.

Quizá se le debería haber ocurrido, pero la observación sorprendió a Manuel. Le irritó. ¿Es que no podían ir juntos unos metros más, dejar el coche en el aparcamiento de la casa y subir en el ascensor hasta su piso? Obviamente, Bea le rehuía, le rechazaba. En cualquier otro momento, ante un comentario así, habría replicado: ¿Es que no puedes acompañarme?, pero ahora tenía que obedecer. Estaba a su merced. ¡Qué situación más fastidiosa! Pero era él quien tenía la culpa, había metido la pata, a saber cómo iba a salir de ésa. Hasta el momento, se había sentido desolado, ahora estaba lleno de rabia, como si el hecho de bajar solo al aparcamiento fuera una especie de condena, un descenso a los mismos infiernos.

Poco después, al entrar en el piso, tampoco sintió demasiado alivio. La única luz encendida era la del pasillo. ¿Dónde se había metido Bea?

Un papel clavado con una chincheta en la puerta del dormitorio lo explicaba:

«Estoy muy cansada, me voy a dormir. No me molestes.»

No empujó el picaporte, no hacía falta. Sin duda, Bea había echado el pestillo. No quería comprobarlo, un resto de orgullo se lo impedía.

Ésta era la situación. Bea encerrada en el dormitorio matrimonial, que tenía, adjunto, un cuarto de baño, y él, dueño y señor del resto de la casa. Podía ver la televisión, poner música, comer, beber. A Manuel, de pronto, casi le dio la risa, como si todo aquello fuera una broma, un chiste. Llevaban casados una pila de años, habían tenido hijos, ahora ausentes de casa, jóvenes aún, ninguno de los dos tenía, de momento, pareja estable, habían hecho algunos viajes los cuatro juntos –Bea, los chicos y él–, y muchos otros ellos solos, habían compartido toda una variedad de experiencias, buenas, malas y regulares, y durante todo ese tiempo se habían llevado bastante bien, aunque discutieran algunas veces, nada fuera de lo normal, ninguna discusión violenta. Inesperadamente, ahora se veían inmersos en una silenciosa pelea conyugal de imprevisibles consecuencias. ¿Inesperadamente? Ése había sido su error. No pensar, hablar de algo importante –¡ya no era importante, en absoluto!– sin prever la reacción que podría provocar.

De la risa –que había durado poco–, Manuel pasó a la perplejidad, a una estupefacción profunda. Una angustiosa sensación de vacío lo invadió. No sabía qué hacer. No sabía qué iba a pasar. Se había quedado absolutamente en blanco, arrojado a un lugar desconocido, indefinible.

Daba vueltas por la casa, se sentaba en el sofá, se levantaba, iba a la cocina, volvía al sofá. La casa sólo estaba habitada por el silencio, por una sensación de ausencia definitiva, irremediable.

A primera hora de la mañana, oyó ruidos en la casa. Olía a café.

¿Había dormido algo? Estaba echado en el sofá, le dolía el cuello. Le dolía todo.

Bea estaba sentada a la mesa de la cocina, llevaba puesto el kimono de seda verde que se había comprado en las últimas navidades, un capricho que, al parecer, siempre había tenido. Lo había visto en una tienda y se lo había comprado sin dudar, sin reparar en el precio, que era elevado.

—Buenos días —dijo Manuel con una voz que no le pareció suya, sino de alguien que lleva años sin hablar, que no está seguro de cómo suenan las palabras y que, por encima de todo, teme resultar atronador—. ¿Puedo sentarme?

Bea hizo un vago gesto con la mano.

Puede que sí, que eso significara que podía sentarse.

—¿Qué vamos a hacer? —preguntó poco después, tras esperar inútilmente que ella dijera algo.

Bea se pasó la mano por el pelo. Negó con la cabeza.

—No lo sé —dijo.

Manuel sintió un atisbo de alivio. Ya no se encontraba del todo en el vacío. Tenía la necesidad de repasar todo lo que había sucedido el día anterior, cosa por cosa, minuto a minuto. Eso fue lo que hizo. Fue a su despacho, abrió el ordenador y lo escribió. ¿Por qué lo hacía?, ¿para quién escribía todo aquello?, ¿qué perseguía?, ¿creía que se le revelaría una especie de clave, una forma de resolver la situación?

Guardó el texto en un archivo secreto. De momento, no se lo quería enseñar a nadie. Alguna vez había aspirado a ser escritor, pero esa pretensión se había esfumado, ahora no se trataba de eso, no sabía bien de qué se trataba.

Vivieron juntos un año más. No fue una separación dramática, los dos se comportaron de forma bastante razonable.

Durante largos años, las raras veces en que su vida en común aparecía, siempre fugazmente, en la memoria de uno o de otro, pensaban que todo aquello había sido un tremendo error, que existía entre ellos una incompatibilidad soterrada pero irresoluble.

Manuel, unos días antes de morir, se sorprendió rememorando, colmado de una emoción que no recordaba haber sentido nunca, el remoto paseo por el parque de La Alhambra, la visita a los «cármenes», el viento, la lluvia, los pequeños pétalos que se habían desprendido de las flores agitándose en el aire, el olor a ozono y a tierra mojada, la tienda de artesanía, las ilustraciones del libro de Washington.

Alguien le comunicó a Bea que Manuel había muerto. Bea se preguntó si había sido con él con quien había visitado La Alhambra hacía muchísimos años, un día de primavera o de verano. Se había sentado para contemplar el Patio de los Leones. Aún sentía ese cansancio, esa sensación de que no cabía esperar nada más.

CHICOS Y CHICAS

Le había gustado el pueblo en un viaje que había realizado el verano anterior. Iba con un grupo de amigos y pasaron una mañana por ahí. A Consuelo se le quedó en la memoria como un lugar al que podría ir sola en caso de que tuviera algo concreto que hacer. Ese algo concreto era la tesis en la que llevaba trabajando varios años y que, si quería seguir ligada a la Universidad, debía finalizar. Si alguna vez se decidía a dar ese paso, debería recluirse en un lugar como ése.

La decisión la tomó en primavera, después de su cumpleaños. Acabaría la tesis ese mismo verano. No había hoteles en el pueblo que tanto le había gustado, pero se alquilaba una casa de una urbanización cercana llamada Brisa do mar. El precio era asequible. Más aún si se alquilaba por toda la temporada.

La urbanización, bastante reciente, se encontraba en las afueras del pueblo. Lindaba con un bosque de eucaliptos y robles que se extendía hasta el amplio terreno de la Residencia Cabanillas, un centro dedicado a las personas mayores. Al otro lado de la carretera, se encontraba el albergue juvenil Praia das Cordas, cuyo nombre correspondía a una de las mejores playas de la zona y a la que, desde la urbanización, se accedía en un par de minutos. Al centro del pueblo se podía ir andando.

Consuelo pagó un adelanto por el alquiler de la casa de julio a septiembre, y se puso a seleccionar lo que le resultaba imprescindible para su trabajo.

Se trasladaría la primera semana de julio. El 4 de julio había quedado con sus antiguas compañeras de instituto —uno de los últimos institutos femeninos de enseñanza secundaria de Madrid en pasar a ser mixto— para celebrar el no sé cuántos aniversario del final de sus estudios. La reunión consistía en una comida que todas habían pagado con antelación. Podía perder ese dinero, no era para tanto, pero Consuelo sentía cierta curiosidad por ver cómo eran ahora sus antiguas compañeras. Quizá eso la ayudaría algo con su tesis, que trataba de mujeres —las escritoras españolas del siglo XVIII—. Ninguna de sus antiguas compañeras de instituto era escritora, pero eran mujeres y, quién sabe, quizá pudiera surgir, hablando con ellas, alguna idea. Dejando la tesis de lado, lo cierto era que sentía curiosidad. ¿Cuántas, como ella, se mantenían solteras, desparejadas, solas? De pronto, ese asunto le preocupaba.

Algo estaba sucediendo en su interior. Algo se desmoronaba. Por eso quería acabar ya la tesis. Tenía la impresión de que en su vida todo estaba a medias. Durante el último año, se había visto, clandestinamente, con Javier, un hombre casado y con hijos a quien había conocido en la consulta del dentista y que se dedicaba al comercio internacional de casas prefabricadas. Algo así. Aunque quizá había algo más, pero todo referido a paneles, vigas, tejados, chimeneas.

Javier, en agosto, iría, como de costumbre, a la Costa Brava con su familia. Consuelo, después de comunicarle sus planes, le propuso a Javier que la acompañara en su viaje a Galicia. Sólo eso. El largo viaje en coche, haciendo noche en mitad del camino, y la noche en la casa que había alquilado, ya en Galicia. Dos noches seguidas juntos.

Ése había sido el absurdo inicio de una discusión muy intensa, desalentadora. Javier había dicho que eso era imposible. No dio ninguna explicación. Era imposible, nada más.

No hubo ninguna transacción. Se mantuvieron firmes, ofendidos, cada uno en su lugar. Quizá a la vuelta del verano volvería el amor, la necesidad de verse. Ahora, en Consuelo sólo había vacío y sensación de fracaso.

Con ese estado de ánimo acudió al restaurante para comer con sus antiguas compañeras de instituto, aún con cierta curiosidad pero, sobre todo, con ganas de distraerse, de quitarse un poco de encima la mezcla de irritación y frustración que la discusión con Javier le había dejado.

En la comida, le tocó sentarse entre Lucía, que había sido la chica más guapa del instituto –siempre había algún chico esperándola en la puerta a la hora de salida–, y Pepa, que pertenecía al grupo de las listas. No era ni fea ni guapa. Tanto Lucía como Pepa se habían casado y tenían hijos. Lucía no había estudiado una carrera ni trabajaba fuera de casa. Pepa sí, había estudiado Derecho y trabajaba en un bufete de abogados.

Tal vez se debiera al verano y a las vacaciones que se aproximaban, pero todas parecían muy contentas. No se parecían demasiado a aquellas chicas que, años atrás, iban al instituto con los libros bajo el brazo y miedo a los exámenes. Hablaban de las manías de los profesores, tenían rivalidades y celos entre ellas y muchas ganas de saber cómo sería la vida que les esperaba. Ella también. Consuelo, en aquel momento –el último año de instituto–, se parecía más a ellas, a cualquiera de ellas, que ahora.

El instituto, un año después de que ellas finalizaran sus estudios, cambió. Dejó de ser exclusivamente femenino. Pasó a ser mixto. Perdieron –¡por los pelos!– la oportunidad de conocer a los chicos día tras día y año tras año, pero ya no importaba mucho. En cierto modo –decía alguna– había sido mejor, porque los chicos –no los hermanos ni los primos–

habían irrumpido de golpe en sus vidas nimbados de misterio.

—No sé qué hubiéramos ganado conociéndoles antes —dijo alguien.

Consuelo pensó: Éste es un comentario propio de una chica que ha sido educada entre mujeres. Los «chicos» constituían una especie de bloque, como si todos fueran iguales o muy parecidos.

—Me siento estafada —sentenció Pepa—. Mi vida es un esfuerzo constante. Me creí ese rollo de la liberación de la mujer, ya sabes, no sólo ser esposa y madre, tener una profesión, amistades, relaciones. Incluso algunos líos. Pero nunca se me pasó por la cabeza mandarlo todo a paseo. Eso es lo que me acaba de pasar, mira por dónde. Mi marido me ha dejado. Es profesor de literatura, como tú —le dijo a Consuelo—. Se ha liado con una alumna. Al parecer, las cosas van en serio.

¿Estafada?, se preguntó, en silencio, Consuelo. ¿Quién le había estafado?, ¿quién le había dicho una verdad sobre la vida que luego se hubiera revelado falsa? En general, las mujeres casadas la irritaban. Tanto las felices como las amargadas. ¿Y las que, como ella, permanecían solteras?, ¿estaban ésas más amargadas?, ¿estaba ella misma algo amargada?

Quizá lo esté, se dijo. Quizá sí esté un poco amargada. Pero no estafada. Nadie la había estafado.

—No tengo un solo punto de apoyo —dijo Pepa—. Mis padres me ayudan mucho, por supuesto. Y, en cierto modo, mis hijos, aunque también dan muchos problemas. Necesito un verdadero punto de apoyo. Contaba con eso, creía que lo tenía.

Rosa, la organizadora de la reunión, le había pedido a Consuelo que, al final o al inicio de la comida, dijera unas palabras. Siempre se había distinguido por escribir muy bien. Consuelo le había dicho que no, que a ella no le gustaba ser el centro de atención y que, además, no tenía nada especial que decir. Sin embargo, había escrito algo, aunque no pensara leerlo, ni al principio ni al final. Había escrito unas palabras sobre el miedo, sobre las miradas de los otros, sobre el rechazo, sobre la vergüenza, sobre la traición. Sobre el tiempo. Y un poco, aunque muy poco, sobre la esperanza. No pensaba leerlo, pero antes de salir de casa se aseguró de que el folio que había escrito seguía en el bolso, donde lo había guardado hacía un par de días.

Mirando a sus antiguas compañeras, se preguntó si todas ellas tenían nostalgia de esa época. Con lo bueno y con lo malo, había sido la época de la formación, de las primeras aventuras, de los primeros descubrimientos. Eso era lo que las unía. Habían compartido ese tiempo. Año tras año. Habían crecido juntas. Habían ido cambiando de cuerpo, de peinado, de talla, de gustos. Sin duda, se habían espiado unas a otras, quién crecía más, quién engordaba más, quién usaba ya sostén, quién empezaba a salir con chicos, de qué se podía hablar con un chico, cómo eran los chicos, qué les interesaba, qué buscaban.

Ya estaba. Ya lo sabían. Más o menos. Podían mirar hacia atrás y reírse. Rememorar anécdotas. Un profesor tartamudo, una profesora que sudaba demasiado. También mitos, pequeñas devociones, amores secretos, miradas cómplices. ¿Eso era todo? Una fugaz mirada al pasado, una ráfaga de melancolía. La vida pasa.

Desde el otro lado de la mesa, Rosa miró a Consuelo y sonrió. Sin duda, comprendía ahora, más que cuando Consuelo había rechazado su proposición, que no hacía ninguna falta que nadie dijera nada de forma solemne.

Al día siguiente hizo las maletas. El viaje fue largo, pero la música ayudaba. Ónix, el perro labrador de color chocolate que vivía con Consuelo, no quiso salir del coche en ninguna de las paradas. No parecía dispuesto a quedarse en ninguno de aquellos lugares perdidos en la nada.

Llegaron a la urbanización a media tarde. Inesperadamente, a Consuelo la urbanización le recordó esos condominios californianos en uno de los cuales se había alojado durante su estancia en San Diego, cuando, unos años atrás, había disfrutado de una beca para ampliación de estudios en la Universidad de California, en La Jolla. ¡Un año idílico, un verdadero paréntesis en su vida! Por el clima, por la facilidad con que transcurrían las cosas, por el ambiente de calidez en que se desarrollaba el trabajo, y por un par de historias de amor. ¿Por qué no se había quedado allí? Habría podido hacerlo, de habérselo propuesto. Pero, finalizada la última de sus historias de amor, había sentido miedo. No quería ser la eterna extranjera. Sin embargo, más de una vez, de regreso, se había arrepentido de esa decisión. También se sentía extranjera aquí, en su país.

Por Internet, Consuelo se había informado un poco de lo que ofrecía el pueblo. Los restaurantes cercanos, las playas, los montes. Los monasterios que había que visitar, los pazos, las bodegas. Aunque su meta no fuese el turismo, era conveniente saber qué se podía hacer en los ratos libres.

Le llevó toda una semana aclimatarse. El tiempo se le iba de las manos y no conseguía concentrarse. Se avitualló, inspeccionó los alrededores más cercanos, trató de seguir, desde el primer día, una rutina, pero siempre sucedía algo que la echaba a perder.

La segunda (quizá la tercera) mañana, al regreso del paseo con Ónix, el aire fue invadido por un ruido atronador. Era el cortacésped, descubrió Consuelo. El jardinero recorría el espacio central de la urbanización empujando la escandalosa máquina con evidente desdén hacia las más elementales normas de respeto medioambiental. Aquella máquina debía de tener un fallo, superaba cualquier nivel de ruido imaginable. A Consuelo se le pasó por la cabeza dirigirse directamente al jardinero, pero, tras una breve consideración, lo desechó. En primer lugar, ni siquiera era fácil, ya que el jardinero, que llevaba una gorra de amplia visera, tenía más pinta de autómata que de ser humano. Consuelo corría el peligro de ser arrollada por el cortacésped, cuyas cuchillas giraban de forma amenazante e implacable, levantando a los lados pequeñas nubes de hierba. Y, luego, ¿con qué autoridad podría decirle que aquel ruido era insoportable? Lo más probable era que el jardinero se encogiera de hombros. A él le habían encomendado esa misión. Ordenes son órdenes. Y ella, ¿quién era?, ¿en qué chalet vivía? Ni siquiera era la propietaria, había alquilado la casa.

Decidió salir de allí, acercarse andando hasta el pueblo. Dejó a Ónix en el pequeño jardín trasero. Eligió el camino más corto, que no siempre seguía la línea del mar. Había un trecho particularmente bonito. La acera, protegida por una frágil barandilla de hierro, corría unos centímetros por encima de la playa, a la que se accedía mediante escaleras de piedra. Cada cierto trecho, las escaleras daban esa oportunidad.

En la primera visita al pueblo, ya había localizado el kiosco de los periódicos (y de las chucherías), pero ahora se desorientó un poco y tardó en dar con él, perdiéndose en un pequeño laberinto de calles.

La mujer la atendió con amabilidad. Sin embargo, cuando Consuelo le preguntó si podían llevarle el periódico a su casa a primera hora de la mañana, se quedó repentinamente callada, como si la pregunta estuviera fuera de lugar. Consuelo se dijo que había metido la pata.

–Hasta el año pasado, mi padre se encargaba de repartir los periódicos, aunque no tenemos muchos clientes que lo piden –dijo la mujer al fin–, pero ha pasado un invierno muy malo. Mi padre –aclaró– ya tiene sus años. Nos dio un buen susto. Tuvieron que ingresarlo. Se ha recuperado bastante bien, pero no es el mismo. Se ha quedado un poco acobardado, aprensivo. No quiere coger el coche. Veré lo que puedo hacer –dijo luego–. A lo mejor puedo arreglarlo. Déjeme su teléfono y la dirección. Sí, ya sé dónde están esas casas. Es una zona preciosa, con la playa enfrente.

Consuelo asintió, sonriendo. Escribió el número de su teléfono móvil y la dirección de la casa en un cuaderno que le tendió la mujer. No, no había metido la pata. La mujer, después de aquel extraño silencio, había vuelto a ser amable, comunicativa.

Decidió volver al laberinto de calles por donde antes se había perdido. En una de ellas había vislumbrado un par de tiendas de ropa. Le gustaba comprar ropa. No era sólo que le gustara la ropa, es que le gustaba comprarla. Toda compra acarreaba esa satisfacción, ese soplo de ilusión. Lo malo era el gasto, el dinero que se iba. Pero ¿era para tanto?

Dio enseguida con la calle de las tiendas. Llamarla así era una exageración. Sólo había dos tiendecitas, muy cerca la una de la otra, en la misma acera. Pero

56

no tenían aire pueblerino, no eran tiendas antiguas, dedicadas a los suministros de ropa de las mujeres del pueblo, blusas y faldas amplias y conjuntadas, con algún adorno, pensadas para ir a una boda o un bautizo. Ropa que podía ser de lujo en un par de ocasiones y que luego pasaría a ser, prescindiendo de los adornos, ropa de diario.

Los escaparates de las tiendas, por el contrario, mostraban ropa de última moda, quizá más colorida, nada tétrica. Uno más que otro. Uno, decididamente florido. Pero ¿a quién no le atraen las flores? Fue en esa tienda donde entró primero. Miró, revolvió y se concentró en la zona de los trajes de baño.

–Son especiales, de un material buenísimo. Los importamos de Venezuela –dijo la dependienta–. No se estropean, no se puede imaginar lo que duran. Tenemos clientas que vienen ex profeso de Santiago para comprarlos.

Era una chica de mirada agradable, algo gruesa, teñida de rubio, maquillada y vestida como para un acontecimiento.

–Revuelva a su gusto –dijo–. Si necesita ayuda o desea probarse algo, dígamelo.

Consuelo apartó unos bañadores. La dependienta le indicó dónde se encontraba el probador. El espacio era exiguo. Todo el rato te chocabas contra las cortinas. Pero los bañadores estaban muy bien. Se decidió por uno de cuerpo entero, de flores oscuras, y por un bikini de flores de colores muy vivos.

—Has hecho una compra buenísima —dijo luego la chica, cambiando el tratamiento.

La bolsa de cartón brillante colgaba de la mano de Consuelo. La tiendecita de al lado, a unos pasos de la otra, proclamaba su cierre inminente. Liquidación total por cierre. Podía ir otro día, pero ya estaba allí. Luego la esperaba la reclusión, la pedagógica prosa del siglo XVIII, ese aburrimiento didáctico con ciertos destellos de inspiración, lo que se proponía rescatar. Emociones no previstas. Salidas de tono tocadas por la gracia. Feministas encubiertas, individualistas radicales, defensoras de la causa de la mujer y hostiles a muchas otras mujeres.

¿Cómo vestían? Era algo que a veces se preguntaba Consuelo. Como todas las demás, como lo mandaban los cánones de la época. Pero habría algo en ellas que las delatara. Unos gestos, una actitud en determinados momentos. Algo que no encajaba. Quizá tenían demasiado carácter, un vicio encubierto.

Esta tienda era aún más pequeña que la otra. Una mujer de mediana edad —mayor que Consuelo— estaba atendiendo a dos chicas, las animaba a probarse esto y lo otro, les mostraba las oportunidades, se iba a jubilar, decía, por eso cerraba la tienda y estaba haciendo estos descuentos tan elevados. Lo que le sobrara se lo daría a Cáritas. Las jóvenes eran hermanas y estaban apartando, además de la que querían para ellas, ropa para su madre, a quien la dueña de la tienda, sin duda, conocía.

—Se pasará a última hora de la mañana –dijo una de las hijas–. Que se pruebe todo esto.

En la estrechez de un pasillo, Consuelo vislumbró una chaqueta blanca tipo blazer. Se la probó y buscó un espejo. Una de las chicas le sonrió y le dijo que le quedaba perfecta.

—¡Ay! –exclamó la dueña–. No puedo atender a todo el mundo a la vez. Me gusta dedicarme a cada clienta de una en una. Ya ve –dijo, dirigiéndose a Consuelo–, estas chicas llegaron antes. Son muy buenas clientas –añadió, bajando la voz.

—Voy a llevarme la chaqueta –dijo Consuelo–. Volveré en otro momento y lo veré todo con más calma. Ya me voy.

La dueña guardó la chaqueta en una bolsa.

—¿Os importa que atienda a esta señora? –les preguntó a las jóvenes.

—Claro que no, en absoluto –dijeron.

De nuevo en la calle, con dos bolsas colgando de sus manos, Consuelo reemprendió el regreso.

El bar que antes, de camino hacia el pueblo, estaba cerrado, había abierto. Decidió tomarse un café. Era un día de nubes blancas y grandes. En la terraza del bar aún no habían desplegado el toldo. Consuelo se sentó a la sombra. No hacía calor.

Quizá me dé miedo volver a casa, se dijo. No por el ruido de la cortadora de césped, sino por todos los días que me esperan.

Era un miedo previsto, aunque quizá no de forma suficiente. Quizá era mayor de lo que hubiera esperado, de lo que era capaz de dominar.

En casa, no se puso a trabajar inmediatamente. Lo que hizo fue probarse la ropa que se acababa de comprar. Se probó el bañador, luego el bikini. Se puso la chaqueta blanca. Luego sacó de la nevera una botella de ribeiro. Mejor no pensar en las veces que se pondría el bikini y el bañador, puesto que ya tenía otros.

Sonó el teléfono, ¿dónde lo había dejado? Bajo la ropa que se había quitado para probarse los trajes de baño.

—¿Consuelo? —preguntó una voz—. Soy la chica del kiosco, ¿me recuerda? Estuvo aquí esta mañana, me preguntó si podíamos llevarle el periódico a la casa. Ya lo he arreglado. Lo tendrá mañana antes de las nueve, ¿le parece bien?

—Me parece estupendo, se lo agradezco mucho.

Casi veía sonreír a la mujer.

—Muy bien, muy bien —dijo.

El miedo había sido dominado. ¿Qué papel jugaba el vino en esa superación?

Pensó en Paulina, su hermana pequeña, que recientemente les había comunicado a sus padres y a ella que era alcohólica. Todos sabían que bebía, pero ¿más que los demás?, ¿más que ellos, sus padres y su hermana mayor?

Paulina se había casado, se había divorciado, había tenido casi una docena de novios sucesivos, se enamoraba y se desenamoraba con alarmante frecuen-

60

cia. Había estudiado, como ella, Letras, y trabajaba como publicista, pero no tenía un sueldo regular. A veces, no trabajaba.

Bebía. Era alcohólica. ¿Dónde estaba ahora? Vivía con unos amigos con los que no se llevaba del todo bien, pero prefería eso a vivir con sus padres. No era mucho más pequeña que Consuelo –ni siquiera se llevaban dos años–, pero había vivido, se decía Consuelo, mucho más que ella. ¿Cómo se puede proteger a alguien que sabe de la vida mucho más tú, a alguien que se ha arriesgado más, a alguien que, probablemente, se ha desesperado más?

Pensaba en Paulina con impotencia. Después de haber declarado que era alcohólica y que nunca se curaría, porque quien es alcohólico lo es para toda la vida, les había dicho que iba a dejar de beber. No sabía si sería capaz, pero iba a intentarlo. Contaba con ayuda, sí. Había una organización que se ocupaba de eso, de ayudar a las personas que querían dejar de beber.

Cuando Paulina se fue, sus padres discutieron. En opinión del padre, Paulina exageraba.

–No es alcohólica –afirmó, tajante–. Tiene otra clase de problemas.

–¿Qué problemas? –preguntó la madre.

–No sé, algo de la mente.

La madre se enfadó. Consuelo tuvo que intervenir, pero sus padres seguían malhumorados cuando se despidió de ellos.

Le gustaría hablar ahora con ella, con su hermana Paulina, preguntarle cómo se las arreglaba, ahora que había dejado de beber, para vencer el miedo. Sin embargo, no la llamó. Paulina estaba inmersa en sus propios problemas.

Trató de ordenar un poco los libros y papeles que había traído. Había reunido mucha documentación, había escrito –y allí estaban, impresos, no sólo en los archivos del ordenador– cantidad de folios. Ahora se trataba de dar unidad a todo aquello. ¿Qué tenían en común todas esas mujeres del siglo XVIII que se habían atrevido a escribir libros, a publicarlos? Parecían muy distintas. Sus vidas eran prácticamente desconocidas. Por supuesto, estaban las monjas, pero ése era un terreno muy difícil y Consuelo, para su decepción, no había hecho allí grandes descubrimientos. Durante la Ilustración, además, las monjas estaban desprestigiadas. Todo lo que olía a misticismo y exaltación era censurado. Era el siglo de la razón.

A Consuelo le daba la impresión de que su tesis, que había avanzado mucho, se había quedado estancada. Se había perdido en un laberinto de datos, de artículos recopilados en pesados volúmenes sobre la historia de las mujeres, la historia de la literatura, la historia universal. No podían sacarse conclusiones con tantas lagunas de por medio.

Trabajó varias horas seguidas. A última hora de la tarde, dio un paseo, con Ónix a su lado, sujeto por la correa. Tomó un vino en la terraza de un bar. Lo consumió lentamente. El camarero le dirigió una media sonrisa, algo así como un saludo de bienvenida.

Había días nublados, pero no fríos. El tiempo no era monótono, variaba. No se podían hacer planes, había que ir improvisando. Consuelo instaló, al fin, una rutina muy firme en el orden de sus días. La variedad de las circunstancias climatológicas le servía de entretenimiento. A primera hora de la mañana, hiciera el tiempo que hiciera, daba un paseo por la playa con Ónix, que, además –Ónix, no ella–, se daba un baño. De vuelta en casa, trabajaba hasta la hora de comer. Antes, iba, sola, a la playa y nadaba un rato. Por las tardes, después de una corta siesta, trabajaba un par de horas y salía a tomar un vino con Ónix a su lado. Los días de calor, iba dos veces a la playa a darse un baño. Esos días de dos baños no salía a tomar una copa de vino en la terraza de un bar. Casi siempre el mismo, el del camarero que le había dedicado una sonrisa de bienvenida. Lo seguía haciendo.

En la terraza del bar, un hombre la miró con cierta insistencia. Al día siguiente, él ya estaba allí cuando ella llegó. La saludó con los ojos, con un breve gesto de la cabeza. Durante una semana, se veían desde sus respectivas mesas, se saludaban silenciosamente. Consuelo, sola con Ónix. El hombre, rodeado de amigos, hombres y mujeres.

63

Se lo encontró en el paseo marítimo, justo delante de la urbanización.

—Así que es aquí donde vives —dijo él.

Se llamaba Álex. Todo ocurrió rápidamente. Álex, dijo, la había estado buscando. Consuelo le invitó a entrar en la casa. Ese día estaba solo. Su mujer se había ido con los chicos a ver a una amiga que veraneaba en Sanxenxo. Pasaron toda la tarde en la casa. La luz del día no se iba nunca.

Álex apoyó la cabeza en la cabecera de la cama. Dijo, mientras se pasaba por la cara una de las manos de Consuelo como si fuera un pañuelo y depositaba en ella pequeños, fugaces besos:

—Las mujeres de la Ilustración, ¡qué cosa más curiosa!

—Se me ocurrió por eso —dijo Consuelo—. Hay muy pocos datos sobre este tema. Es más divertido investigar a partir de cero, o de muy poco.

—Jamás me había pasado una cosa así —dijo Álex—. Ligar con una intelectual.

Lo decía verdaderamente asombrado.

—No soy un caso único, hay muchas mujeres como yo —decía Consuelo.

—No. En mi medio no las hay.

¿Cuál era exactamente su medio? Gente corriente, decía Álex, que era bastante guapo. Nada corriente. Pero presumía de ser corriente, como si eso fuera importante para él. Le gustaba la idea de que Consuelo fuera excepcional.

Había algo triste en Álex. La forma en que se despedía de ella con los hombros un poco encogidos, la forma en que la escuchaba, esforzándose por mostrar interés, cuando ella le hablaba de los progresos de su tesis. A pesar de lo cual, insistía en que Consuelo le contara cosas.

—Fray Gerundio de Campazas, ¡vaya nombrecito! —comentó, divertido, cuando ella le habló de los autores que había leído para centrar su estudio.

—Son chistes, juegos de palabras —dijo Consuelo—. Es un título irónico. Tuvo un éxito enorme.

—Eres admirable —decía Álex—. ¿A quién le puede interesar eso?

—A muy poca gente.

—Por eso te admiro, conoces las razones de lo que haces.

A veces, Álex decía cosas así. Cosas tristes.

Los viernes por la mañana había mercado en el pueblo. Se montaban puestos de comestibles, ropa y cachivaches alrededor de la plaza de abastos. Consuelo no trabajaba, era su día (su mañana) de descanso. Primero, paseaba con Ónix por la playa. Luego, desayunaba y se iba al pueblo en coche. Lo aparcaba en un callejón, a la sombra. Sacaba dinero en el cajero automático de la plaza, arrastrando por las aceras el ligero carrito de la compra que había encontrado en la casa, sin comprender por qué no tenía ella un carrito de ésos en su casa de Madrid, con lo útiles que eran, entraba en el recinto de la plaza de abastos y hacía la compra. Luego daba una vuelta por el mercadillo. Siempre encontraba algo. En uno de los puestos tenían ropa de cierta calidad muy rebajada. En aquel momento, la dueña del puesto estaba atendiendo a una señora que se estaba probando una chaqueta de lana clara y jaspeada.

—Es Chanel —dijo la dueña—. Tiene un estilo fabuloso.

Había chaquetas Chanel en todos los puestos, pero la chaqueta en cuestión, por alguna razón, parecía mejor. La mujer que se estaba probando era alta y espigada, pelo largo con mechas rubias. Volvió la cabeza hacia Consuelo y exclamó:

—¡Eres Consuelo!, ¡Consuelo Quintana!, ¿qué haces aquí?

Una vez que la miró, Consuelo la reconoció inmediatamente. Isabel Yllera. Los mismos gestos de siempre, la misma forma de hablar, la misma seguridad.

—Paso el verano aquí —dijo—. ¿Y tú?

—Mi marido es de aquí. Llevo años viniendo. Me encanta este pueblo. Es extraordinariamente tranquilo.

Se sentaron en la terraza de uno de los bares del puerto.

—¿Fuiste a la comida de las antiguas alumnas? —preguntó Isabel—. Yo no pude ir. Esas cosas me dan

66

tanta pereza... Me hacen sentirme vieja. Y las demás, ¡uf!, no te digo lo que ellas me parecen a mí, más que viejas. Es horrible haberlas conocido cuando eran niñas, cuando tenían aquellas caritas tan lisas... Aunque algunas eran ya feas, muy feas, desde pequeñas.

Tenía tres hijos. La casa familiar de su marido se encontraba a unos kilómetros del pueblo, hacia el interior.

—Estaba pensando en dar una fiesta, todos los veranos lo hacemos. Nada formal. Montamos unas mesas y lo ponemos todo ahí, empanadas, tortillas, embutidos, queso, cosas así. Pasamos un buen rato, de eso se trata. ¡Es genial que nos hayamos encontrado! Te haré un plano para que no te pierdas, aunque es muy fácil llegar, ¿dónde vives tú?, ¿estás sola?

Isabel no acababa de comprender dónde se encontraba la urbanización, que era bastante nueva. Ciertamente, pasaba mucho por allí, camino del pueblo, pero no se fijaba mucho, era muy despistada. Por lo demás, la urbanización no se veía bien desde la carretera, estaba un poco escondida.

¿De qué iba la tesis?, le preguntó con cierto interés.

—Estoy un poco desanimada —le confesó Consuelo, después de hacer un breve resumen de la misma—. Creía que iba a encontrar algo, pero no sé, me parece que no voy a poder sacar ninguna conclusión.

—Siempre se te ha dado muy bien escribir —comentó Isabel–. Estoy segura de que quedará estupendamente. Te exiges demasiado. Todo lo que me has dicho me parece interesantísimo.

Se despidieron con un par de besos. Consuelo le prometió a Isabel que asistiría a la fiesta.

No tuvo ocasión de comentarle a Álex el encuentro con Isabel, ni la fiesta a la que había sido invitada. Se veían, a veces, en la terraza del bar del paseo marítimo. Era Álex quien llamaba a Consuelo, quien debía escaparse para verla. Álex, en todo caso, pertenecía al mundo de los veraneantes. Isabel, no del todo, puesto que su marido tenía raíces allí. Eran dos mundos muy distintos. Puede que, en caso de verle, Consuelo no le hubiera comentado su encuentro con Isabel.

Fue fácil localizar la casa de Isabel, en la ladera del monte. A lo largo del muro de piedra, había aparcados varios coches, y una de las hojas del portal, de hierro forjado, estaba entreabierta.

Eran las nueve de la noche, pero parecía media tarde. Aún no había refrescado.

El jardín, pensado para ser mantenido con sus mismos perfiles y dimensiones a lo largo de los años, se había ido moviendo, desdibujando sus contornos. El orden inicial, que aún se adivinaba, había dado paso a indefiniciones y ambigüedades. Un jardín del siglo XVIII, se dijo, que parecía del XIX.

Isabel surgió de alguna parte y condujo a Consuelo hacia las mesas de la comida. Le presentó a algunas personas. Entre ellas, a su marido, un hombre que a Consuelo, a primera vista, le pareció muy mayor. Cuando fue a sus primeras fiestas –muy escasas– a Consuelo la acometía, en el mismo momento de entrar, un ataque de pánico. Pura timidez, miedo a que nadie le hiciera caso. Le temblaba un poco la cabeza, se le nublaba la vista, sentía una gran debilidad en las piernas. El miedo, que ya no era ni mucho menos como antes, se había desligado de las fiestas, pero entrar en un lugar donde había mucha gente reunida le seguía causando una vaga inquietud, una ligera desazón.

Entonces vio a un hombre que llevaba una chaqueta clara. Se estaba acercando hacia ella. ¿Le conocía? ¡Era Álex! Jamás lo habría imaginado. No había imaginado nada sobre aquella fiesta. Había dado por sentado que no se encontraría con ningún conocido, que los invitados de Isabel no serían los típicos veraneantes que tomaban vinos en las terrazas del paseo marítimo. Pero a ese estupor se sumó, de forma inmediata, otro. Álex la miró. Evidentemente, la reconoció. Se detuvo en seco y, tras unos instantes eternos, vacíos, se dio la vuelta.

No había seguido dando pasos hacia ella, sino que había realizado un giro brusco y había echado a andar, de espaldas a ella, hasta perderse entre la gente. ¿Cómo había podido suceder una cosa así? Era

Álex. Con chaqueta clara de verano, en lugar del jersey de lana que solía echarse por encima de los hombros, pero era el Álex de siempre. ¿Por qué no había querido saludarla? Desde el punto de vista oficial, se conocían de vista. Habían coincidido más de una vez en la terraza del bar. Cualquier otro miembro de la pandilla de Álex la habría saludado, sin duda. Pero Álex se sentía culpable.

Ése era el hecho: Álex la había negado. No importaba si alguien se había dado cuenta o no. Los dos lo sabían. La había negado.

¿Quién era Álex para darle la espalda?, ¿no le había dicho innumerables veces que aquél era el mejor verano de su vida, que había experimentado una sacudida, que había vuelto a vivir, que llevaba años dormido, como muerto, y que gracias a ella había recobrado la ilusión, la fuerza, la alegría, que gracias a ella había recordado que la vida es algo más que rutina y esfuerzos y que ya no estaba dispuesto a renunciar, ya nada sería lo mismo? «No dejaré que te alejes de mí», decía con cierto tono de angustia que en más de una ocasión había inquietado a Consuelo. Hasta le había rondado por la cabeza la idea de que quizá fuera imposible librarse de Álex, que resultara una especie de acosador.

Se había equivocado. Simplemente, era un cobarde. Un mentiroso.

No volvió a ver a Álex, ni en la fiesta ni en el resto del verano.

A lo mejor se había ido. Algunos veraneantes se iban antes de finalizar el mes. Al atardecer, las terrazas de los bares ya no estaban llenas. Siempre había dos o tres mesas libres.

Consuelo se concentró en la tesis. Seguía sin encontrar una idea que le diera unidad a todo, una especie de conclusión, pero, de todos modos, avanzó mucho.

A primeros de septiembre, Javier la llamó por teléfono desde Madrid. Ya estaba de vuelta. Llamaba todos los días. Un día dijo:

—Estoy pensando en irte a buscar. Cojo un avión, paso un par de días contigo y nos volvemos juntos en coche. Lo puedo arreglar, ¿qué te parece?

Consuelo le dijo que le parecía bien.

Con Javier a su lado, el tiempo transcurrió de otra manera. Consuelo dejó la tesis como estaba, ya la terminaría en Madrid. Pasearon, se sentaron en las terrazas de los bares, ya con casi todas las mesas desocupadas, se bañaron en el agua helada de la ría.

Regresaron en coche a Madrid, con Ónix echado en la parte de atrás y turnándose para llevar el volante del coche.

Le seguía faltando algo, se decía Consuelo, algo que, probablemente, nunca alcanzaría. Tendría que vivir así, con esa carencia. No era imposible. Pero, en cierto modo, resultaba intolerable. Habría un momento en sus vidas, las de ellos, de todos ellos, en que tendrían ese pálpito, la certeza del error, de la pérdida, de un fracaso esencial. Les sobrevendría de pronto, sin previo aviso, rodeados de gente o solos, una mañana de invierno o una tarde de calor, con una tenue música de fondo o un ruido de voces.

Demasiado tarde, quizá.

AUSENCIA

El profesor, consciente de que la tarea que propone a sus alumnos podría resultar ardua para algunos, y, en cualquier caso, novedosa para todos, dice con voz persuasiva, casi humilde:

—No se trata ahora de juzgar el cuadro, sino de sacar algo de él. Si nos gusta o no, eso es otro asunto. Fijémonos, de entrada, en los detalles. Por empezar por algo. Uno puede empezar por donde quiera, por aquello que más le llame la atención. Quizá el detalle de los hombres dormidos —Juan, Pedro y Santiago el Mayor— sea el más curioso. Dos cabezas juntas y una separada. El joven Juan, evidentemente, no es el solitario. El manto en el que la escena viene envuelta es blanco, con forma de óvalo. Ahí es donde están inmersos los dormidos apóstoles. Como si hubieran retrocedido en el tiempo, como si aún no hubieran nacido. Sumergidos en un profundo sueño, ajenos al dolor que presiente su maestro y que ha de padecer por mandato divino para la redención de la humanidad. Dormidos, aún sin nacer. Cuando se despierten, Cristo ya habrá sido apresado. En ese instante comienza el drama, la pasión, ese acontecer sobre el que no tienen ninguna sospecha. Están en el limbo.

»La escena de la derecha también se encuentra suspendida en el tiempo. La traición aún no se ha consumado. Podría no suceder. Iscariote y los centuriones son figuras grabadas en un muro, inmovilizadas en su gesto amenazador, las lanzas verticales y apuntando hacia el cielo. Judas se inclina levemente ante los centuriones, antes de enseñarles el camino. Es tarde para volverse atrás, su vida correría peligro, pero puede engañar, idear una argucia. De un hombre inclinado puede esperarse cualquier cosa.

»En el centro, Cristo reza, se dirige al Ángel que le ofrece el cáliz de la pasión, del dolor, de la amargura, y reza. Aparta de mí este cáliz.

»Dios está ausente. Está en todas partes. Dios ha enviado al Ángel para que hable con su hijo. Su hijo que es Dios, también. Sólo que ahora duda de sus fuerzas. Ha sido elegido para ser Dios, para morir por la humanidad, para convertirse en redentor, en símbolo del amor divino.

»Es algo difícil de entender. ¿Por qué Dios ha de necesitar semejante demostración? Si él no pasara por la prueba del dolor, todo sufrimiento dejaría de existir. Dios da sentido al dolor. Su hijo sufre, como todos y cada uno de los humanos. Sí, es un enigma. Quizá, cuando vayamos al cielo, nos lo desvelen.

Aquí el profesor esboza una mínima sonrisa. Prosigue enseguida:

—El cielo no se ve, está detrás, un velo lo oculta. El sol queda oscurecido por las nubes. Negras columnas de humo se elevan desde la tierra. Arriba, en el techo del mundo, tinieblas. Más allá estará el verdadero cielo. Dios está lejos, separado de la tierra por una franja negra. Está lejos cuando el presentimiento del dolor nos invade.

»¿Y si esto que vemos es el infierno? Porque estamos por debajo de la franja negra. ¿Y si se trata de una pesadilla? No la de los apóstoles, que aún no han nacido, sino una pesadilla nuestra, de los observadores.

»Si es así, la visita del Ángel es para nosotros, el cáliz que se ofrece es para nuestros labios. Nosotros estamos en el centro, con los brazos abiertos y las manos extendidas, implorando. Aparta de mí este cáliz. El cáliz amargo de la vida.

»Éste es el objetivo: nuestra identificación con el Cristo. De eso se trataba. El enigma tenía esa función. El pintor se convierte en fiel transmisor del mensaje divino.

»Es una hipótesis, una interpretación, un relato formado a partir de la contemplación del cuadro.

El profesor hace una pausa. Las últimas palabras han sido pronunciadas en tono concluyente, casi imperativo. Sigue, en el mismo tono:

–Inventen una historia, estimados alumnos. Para eso están las clases. Deben ejercitar su imaginación. Por muy arduo y difícil que les parezca, créanme, es posible. La imaginación se crece ante la dificultad. Sitúense en el punto de vista que más les convenga, cualquiera sirve. Pónganse, si quieren, en la piel del pintor, observen los colores que utiliza, esos rosas violáceos y fucsias, esos azules agrisados, tan característicos del Greco, imagínense que son el Ángel, o uno de los hombres dormidos, o un centurión... U otra cosa completamente distinta. Sáquense de la manga un narrador ajeno al asunto. El cuadro es simplemente un elemento de la narración. Me entienden, ¿verdad? Pueden recurrir a un falsificador, incluso a un asesinato. Falsificado, robado, o testigo de un crimen, el cuadro no necesita ser explicado ni contemplado. Es un elemento casi plano, una excusa. Es una opción, y no tiene por qué ser la peor.

»Escojan lo que escojan, lo importante es que pongan toda su fe en ello. Créanselo, desciendan hasta el centro de lo que están escribiendo, codéense con los personajes, paséense por los escenarios, pongan su reloj en la hora de ellos. Entren, entren. No es tan difícil como piensan. Sólo se trata de prescindir de todo lo demás, lo que les rodea. Olvídense de sus compañeros, de mí, de sus padres, de sus hermanos, de la chica o el chico que les gusta.

»No tengo nada más que decirles. Pónganse a escribir. Tienen dos horas como máximo. Si les soy sincero, me parece un tiempo excesivo, pero así son las normas. Creo que con la mitad tendrían de sobra. Pero ya que tienen tanto tiempo, empleen parte de él en la concentración. Sí, hagan un ejercicio de concentración. En cuanto vislumbren la idea, láncense.

El profesor consulta su reloj. Dice:

—Ya. Empieza a correr el tiempo.

Unos alumnos se cubren los ojos con las manos en ademán de meditación. Otros simplemente los cierran. Algunos, pocos, dos o tres, empiezan a escribir, pero puede que sólo hayan posado el lápiz sobre el papel, sería una indiscreción mirarles.

El profesor podría abandonar el aula, no tiene sentido la labor de vigilancia, pero se queda porque piensa que su presencia contribuye a mantener el silencio, la calma. Tiene que proteger a los silenciosos de los habladores, a los tranquilos de los inquietos, a los que se esfuerzan por ser silenciosos y tranquilos de los alborotadores.

Se pasea despacio por el aula. Recorre una y otra vez el pasillo que queda junto a las ventanas. Se detiene frente a ellas. Mira hacia fuera. Al otro lado de la tapia, los árboles del paseo tienden sus ramas de primavera. ¿Qué escribirán los alumnos?, ¿qué pensamientos dejarán caer entre descripciones y frases hechas?, ¿se atisbará el interior de alguno de ellos? Es consciente de que el cuadro del Greco en el que se basa el ejercicio (éste en concreto, pero cualquier otro) puede no resultar muy sugestivo a sus alumnos, pero había que hablar del Greco, cuyo centenario se celebra este año y a quien el colegio, por voluntad del director, que es de Toledo y un admirador incondicional del pintor, rinde un homenaje. En todas las clases se dedica al menos una lección al pintor grecotoledano.

De pronto, el profesor se olvida de todo, del ejercicio que ha propuesto a sus alumnos, de sus alumnos, del instituto. Aunque no se queda completamente dormido (está de pie, de espaldas al aula, mirando por la ventana), tiene un sueño.

Una mujer viene a su encuentro. Trae una canasta llena de fruta. Cerezas, fresas, melocotones. Parece recién recogida. Huele a tierra, a musgo, a hojas caídas en el suelo.

—¿Cuál es la mía? —pregunta el profesor, absurdamente.

Otro absurdo: está convencido de que, si escoge las fresas, no podrá tomar cerezas ni melocotones, si escoge las cerezas, deberá abstenerse de las fresas y de los melocotones, y si opta por los melocotones, las fresas y las cerezas le serán vedadas.

—Son todas para ti —dice, riendo, la mujer—. No lo has entendido. Llévatelas a casa y cómelas poco a poco, no te des un atracón.

La mujer deja la cesta en el suelo y se va por donde ha venido.

El profesor se despierta. La mujer se ha ido de verdad. No hay ni rastro de ella. Consulta el reloj. Vuelve a la mesa donde muchos alumnos han depositado ya el ejercicio realizado. Les ha indicado que, una vez entregaran el ejercicio, abandonaran el aula, de manera que quedan muy pocos alumnos, todos concentrados en el papel que reposa sobre el pupitre, las cabezas inclinadas, las manos en tensión, apretando el lápiz entre los dedos. Menos uno, que mira al infinito con una sonrisa en los labios y que escribe muy de vez en cuando.

—Se ha acabado el tiempo —dice el profesor.

Curiosamente, todos se levantan muy deprisa, como si las palabras del profesor fueran una orden y ellos estuvieran deseosos de cumplirla.

Ya es de noche cuando el profesor se sienta en su butaca. Sobre la mesa de la derecha, a mano, descansan los ejercicios de los alumnos. Veintiocho. Ha ido dejando pasar la tarde sin leerlos. De hecho, siente la tentación de no leerlos. No de aplazar un poco más la lectura, sino de no leerlos. Así de sencillo.

Cuando, el próximo martes, se enfrente a sus alumnos les dirá: «¿Saben qué? No he leído sus ejercicios. ¿Se sienten decepcionados?, ¿por qué?, ¿tenían esperanzas de ser elogiados? Habrá quien, lo sé, esté respirando con alivio. Su ejercicio fue un churro. Ésos no me preocupan. Pero los que pusieron algo de sí mismos en el texto, los orgullosos, ésos se merecen una explicación. Verán, son inteligentes además de orgullosos, así que la explicación la van a buscar ustedes. ¿Qué ha querido decirnos el profesor al no leer los ejercicios? Puede que uno, o más de uno, llegue a esta conclusión: que el juicio debe venir de dentro. No vale que alguien nos diga esto está bien, esto está mal. Éste no es el territorio del mal y del bien. Aquí la norma se dicta desde dentro. Yo sé que está bien lo que he hecho. Yo sé que he escrito una tontería, que he seguido un camino equivocado.»

Ésa sería la lección, se dice el profesor. Una estupidez.

No puedo hacer eso, concluye. Estoy obligado a leer los ejercicios, a saber cómo son mis alumnos, qué talentos y virtudes tienen, qué fallos, qué limitaciones. Estoy obligado a juzgarles. Es mi función. Es inherente al oficio de ser profesor.

De manera que el profesor, finalmente, se entrega a la tarea de la lectura de los ejercicios de sus alumnos. La interrumpe para prepararse un café, para beber agua, para dar un paseo por el cuarto, para abrir la ventana y respirar el aire fresco y lleno de olores de la noche. En un par de meses acabará el curso y él estará lejos. No pensará en los alumnos, en nada relacionado con el instituto.

Estará en una cabaña junto al mar del Norte con Sonja, su novia noruega. Ella, tejiendo. Él, pescando. Prepararán juntos la comida, beberán juntos, dormirán abrazados, colmados. Ella no quiere casarse. Él tampoco. Es su segundo año de noviazgo, si puede llamarse así. Ella también es profesora. Es socia fundadora de un colegio de enseñanza especial, basado en la creatividad. El colegio está en Bergen. Es ella quien le ha dado la idea de hacer escribir a sus alumnos a partir de algo, un cuadro, una película, un paisaje. Le ha dado muchas ideas que él está utilizando con cautela. No abusa de los experimentos. Sería mal visto por todos, alumnos y profesores. Si estuviera ahora a su lado, lo ayudaría. Enseguida detectaría al mejor, rápidamente desecharía la vulgaridad, los caminos trillados. Tiene una mente muy aguda. A veces, se ríe de él: ¡Es muy fácil engañarte!, dice, eres demasiado inocente, te dejas deslumbrar.

Él responde: Soy superficial, lo sé, eres la primera que se ha dado cuenta. Me has calado.

Ella se ríe. Como la mujer de las frutas del sueño que tuvo por la mañana, mientras miraba hacia las ramas llenas de hojas nuevas que elevaban sus copas por encima de la tapia. La mujer del sueño era ella, claro, Sonja, su novia noruega.

Poco a poco, la pila de los ejercicios leídos es más alta que la pila de los que quedan por leer.

Está a punto de terminar su tarea. Sólo queda uno.

«Lo que no se ve». Ése es el título.

El texto consiste en una relación de cosas que quedan fuera de la vista:

La espalda del Cristo, en particular, la cabeza. Podría llevar una trenza. No se sabe el significado que la trenza podría tener, pero sí, es posible, aunque no probable (se dice el profesor), que una trenza caiga sobre la espalda del Cristo.

El rostro del Ángel. No sabemos si sonríe, si está serio, si su expresión es sobrenatural o asombrosamente humana, si mira, en suma, como todos miramos por aquí, algunas veces casi sin fijarnos en lo que miramos. (Esto hace que el profesor, a su pesar, esboce una sonrisa.)

El contenido del Cáliz. ¿De qué color será el amargo líquido que el Cristo no desearía en ese momento beber? Siempre damos por sentado que es rojo, morado o simplemente oscuro, color tierra, del color del vino o de algunos licores fuertes, pero también podría ser blanco, un vino blanco verdoso o dorado. No podemos desechar ningún color. En cuanto al sabor, eso desde luego no puede saberse. Se presiente amargo, pero a lo mejor está endulzado. Quizá sea un narcótico para que el Cristo sobrelleve mejor el dolor. Una clase de anestesia. (El profesor aquí frunce un poco el ceño, ¿se trata de una broma?)

El lecho de los apóstoles. ¿Han tendido una manta en el suelo?, ¿dos? Juan y Santiago duermen juntos, casi abrazados. Pedro, apartado, podría despertarse en cualquier momento. En cuanto a la manta, no sé, hay algo ahí, pero no doy con ello. (Vale, murmura el profesor, dejémoslo ahí, bien.)

Enumera luego otros detalles menos llamativos. Y finalmente concluye, algo enfáticamente, que la gran ausencia es Dios. Éste es el sentido del cuadro, Dios no está. No lo podemos ver. Quizá suceda con Dios como con la espalda del Cristo, el rostro del Ángel, el contenido del cáliz, el lecho de los apóstoles... No se ven, pero están. No podría no estar. O mejor: no están, pero son. No podrían no ser.

De esta manera finaliza el texto.

El profesor sabe quién es el autor: el chico que escribía poco y sonreía, pensativo, divertido, mirando al infinito, el último en entregar el ejercicio. Este chico siempre hace las cosas a su modo. Es difícil saber si se burla de los demás, de todo el mundo, incluido el profesor, o es que las cosas le salen naturalmente así. En general, el chico produce cierta irritación, lo cual parece importarle muy poco. Vive en otro mundo. ¿Por encima de éste?, ¿ni por encima ni por debajo, en otra parte? El profesor no sabría decirlo.

Entre los otros ejercicios hay de todo, los hay correctos, los hay torpes, los hay algo cursis, los hay enigmáticos, casi herméticos. Ninguno de ellos menciona a Dios. Ninguno de ellos ha destacado la ausencia de Dios.

El chico, en realidad, es el único que ha captado su idea, el breve discurso que el profesor pronunció antes de proponer a los alumnos el ejercicio. El único que ha hablado del cuadro en su totalidad.

Lo que el profesor debe resolver antes del próximo martes es qué le va a decir al chico. No quiere elogiarle demasiado, no sería conveniente darle alas a quien quizá, por encima de todo, pretende ser original, sorprender, dejar sentado que es superior a los demás. En suma, fastidiar. Pero no sería justo si no le dijera al alumno que su ejercicio es el mejor, el que ha profundizado más, por mucho que concluya de forma orgullosamente lapidaria.

El asunto queda pendiente y el profesor, con los ojos irritados, cansados, se va a la cama.

El martes por la mañana, durante el desayuno, se da cuenta de que no ha vuelto a pensar en los ejercicios de sus alumnos. Ni siquiera se lo ha comentado a Sonja, con quien ha hablado por teléfono más de una vez y a quien le suele comunicar sus inquietudes. Esta vez no. Esta vez ha preferido no darle más vueltas al asunto, dejarlo a la improvisación.

Al entrar en el aula, los ojos del profesor buscan al chico. No lo ve. Hoy no ha venido al instituto, le informan, ayer tampoco, debe de estar enfermo.

El profesor, sobreponiéndose a la súbita desgana que le ha invadido, comenta los ejercicios de los alumnos. Uno por uno, los alumnos se acercan a la mesa a recogerlos.

Finalizada la jornada, el profesor se dirige a secretaría y pregunta si el chico o alguien de su familia ha llamado para excusar su ausencia. Sí, le dicen, llamó la madre. Pide luego su dirección y se la dan. Se siente como quien está obteniendo un dato prohibido, pero la secretaria se comporta con toda naturalidad.

La calle donde vive el chico no está lejos del instituto. Es un barrio que el profesor no conoce muy bien. Al fin, la encuentra. Es una calle de casas modestas. Está a tiempo de dar la vuelta y dirigirse a su casa, pero el profesor aparca el coche y busca el número. Pulsa el timbre.

Mientras espera, escucha los ruidos que provienen de la casa, debe de haber un televisor encendido, se distinguen varias voces.

Es el chico quien, al cabo de un rato, abre la puerta. Mira sorprendido al profesor.

—Me han dicho que estabas enfermo —dice el profesor—. Venía a interesarme por tu salud y a comentarte el ejercicio del otro día.

—Pase, por favor —dice el chico—. Ya me encuentro mejor. Ayer tuve fiebre, no sé qué habrá sido, un virus, ha dicho el médico, estoy muy resfriado.

—La primavera es peligrosa —comenta el profesor—. El tiempo ha cambiado bruscamente. Yo también estoy acatarrado.

El chico conduce al profesor a un cuarto donde, tal como había imaginado, hay un televisor encendido y, frente a él, una mujer que lo mira vagamente. Es muy joven. Más que la madre del chico, se diría que es su hermana.

—Es uno de los profesores del instituto, Ma —dice el chico—. Ha venido a verme.

La mujer, sorprendida, levemente asustada, se levanta y tiende la mano al profesor. Le da las gracias, se excusa por el desorden, le invita a sentarse, le pregunta si desea algo.

—No se preocupe, sólo estaré un momento —dice el profesor, tomando asiento—. No, por favor, no apague el televisor, no he venido a interrumpirles —añade cuando ve que la mujer coge el mando del televisor, como si se dispusiera a apagarlo.

La mujer sonríe levemente. El volumen de las voces que provienen del televisor ha descendido.

—Si ha venido a hablar con mi hijo —dice—, hágalo, no les molestaré.

El chico se sienta en una silla, junto al profesor.

Preferiría no tener que hablar, se dice el profesor, quedarme quieto y callado, ser parte de la escena sin más ni más. No he debido inmiscuirme.

—En cuanto al ejercicio —empieza—, no voy a negarlo, me sorprendió.

—No veía nada, no sabía cómo... —dice, titubeante, el chico—. De repente, se me ocurrió eso, no sé, ¿le parece pretencioso?, ¿demasiado original?

La madre, con la mirada fija en el televisor, aún sonríe. Todo encaja. Resulta algo asombrosamente natural.

—No, en absoluto —dice el profesor.

TAROT

Rosario estaba segura de que algunas mentes malévolas pensaban que su hija la decepcionaba. La miraban con expresión de censura, pero a la vez, esto era lo peor, con cierta complicidad. La comprendían. ¡Qué mala suerte!, la única niña de una familia de guapos había salido, inexplicablemente, fea.

Pablo, el marido de Rosario, era un hombre guapo. Rosario era guapa, los tres hijos que habían tenido, Pedro, Manuel y Adolfo, eran no guapos sino guapísimos. Pero Luz, que había ido a nacer en cuarto lugar, no se parecía a ninguno. ¿A quién se parecía? Había que investigar en los antepasados. Quizá en la bisabuela paterna se encontraran algunos de sus rasgos. Pero las fotos son muy engañosas, y, en realidad, ¿qué más daba?

Por lo demás, Luz era una niña que no causaba problemas. No destacaba en nada. No, no se correspondía con su nombre. Luz pasaba desapercibida. Durante los años escolares, las monjas nunca tuvieron que elevar una queja sobre su comportamiento ni sobre la marcha de sus estudios. No era excepcional, tampoco sacaba notables, pero siempre conseguía superar, aunque fuera por unas décimas, el aprobado. En alguna ocasión, eso es cierto, fue castigada por hablar en clase con una compañera o por no prestar la debida atención a las explicaciones de la profesora, pero nada serio. No pertenecía al grupo de las alborotadoras, aunque, curiosamente, en él se encontraran algunas de sus mejores amigas.

Luz no era una niña solitaria. No se aislaba, no se ensimismaba. Eso parecía un rasgo positivo. Pero no todas las amigas que, curso tras curso, durante los años escolares, tuvo Luz le gustaron a Rosario. De pequeñas, venían a casa a pasar las tardes de los domingos hasta que Rosario, aunque con poco entusiasmo y cierta desconfianza, tuvo que admitir que su hija ya tenía edad para pasar, a su vez, las tardes en casas ajenas. No ejercía demasiado control sobre sus hijos, pero a Luz la vigilaba estrechamente. No era, quizá, una madre muy cariñosa, ni con Luz ni con los chicos, no pertenecía a esa clase de madres que acarician mucho a sus hijos cuando son pequeños y que luego, cuando crecen, se apoyan en su brazo. Los chicos, que además de guapos eran inteligentes y obtenían buenas calificaciones en el colegio, disfrutaban de un ambiente de relativa libertad. Estaba en el aire: Rosario confiaba en ellos. Pero una fuerza casi sobrenatural le hacía seguir atentamente los pasos de su hija. ¿La hubiera vigilado tanto de haber sido la niña tan guapa —o tan inteligente— como sus hermanos? Rosario no llegaba a hacerse esta pregunta, pero ella misma intuía que había algo raro en su preocupación por Luz. De hecho, tenía la sensación de que Luz estaba siempre a punto de cometer un error. ¿Qué error? El error principal, ser poco agraciada, ya estaba cometido, y de eso Luz no era responsable. ¿Sería por una absurda, aunque no del todo inexplicable, culpabilidad por lo que Rosario vigilaba a su hija?

Pasaba revista a las amigas que Luz iba trayendo a casa y las juzgaba con severidad. Una amiga en especial, Elvira, le causaba bastante irritación. Parecía algo adelantada para su edad —tenían, por entonces, trece, quizá catorce años—, se reía con risita nerviosa, como quien conoce un valioso secreto. Era delgada y pálida. Se movía como una señorita. A su lado, Luz parecía una niña gordinflona, inocente, risueña. Lo que era. ¿Cómo podían ser tan amigas?

Luz se reía mucho cuando estaba con Elvira. A lo mejor Elvira contaba cosas divertidas. Lo cierto era que Luz se reía mucho siempre, no sólo cuando estaba con Elvira. Cuando sus hermanos le tomaban el pelo, cosa que hacían con cierta frecuencia, para luego echarse a reír enseguida, ya que sus bromas eran ligeras, ella se unía de inmediato a sus risas. Sus enfados, si es que llegaban a serlo —en general, sólo un gesto de desconcierto aparecía en su cara—, se evaporaban enseguida. Tampoco se enfadaba nunca con sus padres. Luz era una niña que se dejaba controlar, que apenas protestaba cuando se le prohibía hacer una cosa u otra. Una expresión de contento anulaba rápida y fulminantemente la menor sombra de contrariedad que hubiera caído sobre sus facciones.

Sin embargo, Rosario tenía la impresión de que, a partir de su amistad con Elvira, Luz se reía con más frecuencia y de forma algo desmedida, sin causa aparente, sin ton ni son. Puede que hubiera sido siempre así, porque Rosario no había incluido la risa en su labor de vigilancia. Sea como fuere, el asunto de la risa de Luz la empezó a inquietar, o a irritar, un poco. Reírse es bueno, es saludable, las personas malhumoradas son lo peor, eso, desde luego, pero ¿no puede ser también, en algunos casos, producto de la simpleza? Una luz de alerta se encendió en la cabeza de Rosario. Convenía seguir con la labor de vigilancia, cada vez más difícil, por cierto, porque el momento en que no se podían mantener ciertas prohibiciones llegaría muy pronto. La de no poder ir a ver a sus amigas a sus casas, por ejemplo.

Concluidos los estudios escolares, con un aprobado raso de media, Luz no mostró ningún interés en ir a la universidad. Rosario trató de convencer a su hija de que empezara una carrera cualquiera, la que le pareciera más fácil, simplemente por probar, por conocer otro mundo, por no pasarse el día en casa, pero Luz fue rotunda. No le gustaba estudiar, ella no servía para eso. Escuchar una declaración tan tajante por parte de su hija, que nunca se había caracterizado por la rebeldía, dejó a Rosario completamente desconcertada. Siempre había pensado que podría convencerla de que, finalizada la etapa escolar, continuara sus estudios, a Rosario no se le había pasado por la cabeza que Luz fuera a negarse en redondo. Le explicó detalladamente las razones por las cuales una mujer, en caso de existir la posibilidad, debe hacer una carrera universitaria y estar preparada para ganarse la vida por su cuenta. El matrimonio no era la única salida para una mujer, ésa era una concepción caduca, dijo. Ensalzó las virtudes de la independencia, casi abogó por el feminismo más radical. Luz la escuchaba afablemente, incluso asentía con la cabeza, en silencio, como si comprendiera muy bien a su madre, pero al final, invariablemente, decía: No sirvo para eso.

La amistad entre Luz y Elvira no sólo había continuado, sino que se había intensificado. Elvira tampoco había ido a la universidad. Estudiaba inglés y asistía a clases de cerámica. Luz, animada por Elvira, se apuntó a unas clases de teatro, por el que jamás había mostrado el menor interés. La escuela de teatro estaba cerca de la escuela de cerámica, ésa debía de ser la clave. Aunque se veían prácticamente todos los días, Luz y Elvira hablaban mucho por teléfono. Luz se reía.

¿Qué clase de amiga hubiera deseado Rosario para su hija? Una chica que se riera menos, desde luego. Una chica estudiosa, casi seria, con cierto sentido del humor, por supuesto, un humor fruto de la inteligencia, no del sinsentido. Una chica guapa. Al menos, eso. Porque Elvira no tenía nada de guapa, aunque, quién sabía por qué, se movía y hablaba con la seguridad característica de las guapas. Un signo de imbecilidad.

La decepción de Rosario dio paso a cierta exasperación. Finalmente, se dio por vencida. Había fracasado.

Era el momento de quitarse a su hija de la cabeza. Se hizo socia de varias agrupaciones culturales y benéficas, asistía a clases de yoga y meditación trascendental, incluso se unió a un grupo de senderismo.

Pablo observaba las nuevas e intensas actividades de su mujer con algo parecido al alivio. Era un hombre tranquilo que aguardaba ilusionado pero sin impaciencia la hora de la jubilación. Se mantenía un poco al margen del espíritu de la casa, que residía en Rosario. Puede que Luz hubiera heredado de su padre el aura de pasividad que la envolvía.

Elvira, la gran amiga de Luz, se casó un año después de dejar el colegio.

Al poco tiempo —un par de meses, a lo sumo— de la boda de Elvira, Luz anunció en la mesa, mientras comían, con toda formalidad:

—Tengo novio.

Su padre la miró con ojos beatíficos, como si no hubiera dicho nada extraordinario. Era su inalterable forma de mirar. Rosario preguntó, incrédula:

—¿Novio?

Los tres hermanos de Luz, que presumían de tener mucho éxito con las chicas, lo que probablemente era cierto, porque virtudes no les faltaban, se rieron más o menos quedamente, como si la declaración de Luz hubiera sido un chiste, y un chiste de los suyos.

—Se llama Félix Unceta —dijo Luz, sobreponiéndose.

—¿Félix Unceta?, ¿estás segura? —preguntó Rosario, cada vez más incrédula.

—¿Cómo me voy a equivocar? Es mi novio.

—Debe de ser hijo de Félix Unceta —aventuró el padre.

—Sí —murmuró tímidamente Luz.

Rosario observaba a su hija con estupefacción. No acababa de entenderlo, el joven Unceta era el futuro heredero del imperio Unceta, que hundía sus poderosas raíces en el territorio de los electrodomésticos, un chico a quien se disputaban las chicas más guapas de la ciudad. Ni siquiera podía imaginar dónde habría conocido su hija a ese príncipe azul.

—Lo conocí en la boda de Elvira —dijo Luz, como si leyera los pensamientos de su madre—. Nos hemos estado viendo todos los días desde entonces. Ayer me pidió que os lo dijera. Aunque él también quiere decíroslo en persona.

¡Qué formalidad!, se dijo Rosario, todavía perpleja.

Ciertamente, fue un noviazgo formal que duró algo más de un año. Félix, que había finalizado su carrera universitaria, debía empezar a trabajar y prefería tener un año para dedicarse enteramente al trabajo en el que, por lo demás, ya estaba iniciado. Los negocios le interesaban. Era un chico inteligente y activo. Parecía no tener defecto alguno.

Sin embargo, curiosamente, Rosario no acababa se sentirse cómoda con él. Sus amigas la felicitaron, ¡qué buena boda hacía su hija! Evidentemente, se callaban lo que sin duda venía a continuación: ¿quién lo iba a decir? Rosario sabía muy bien lo que sus amigas pensaban de Luz: exactamente lo que pensaba ella. En muy buena parte, era ella misma la responsable de sus opiniones.

En esta ocasión, Rosario se guardó sus recelos para sí. Tampoco sabía por qué Félix le inspiraba esa desconfianza. Así había que llamarlo: desconfianza, por leve que fuera. Se trataba de algo muy vago. No miraba a los ojos cuando hablaba con alguien. No miraba de frente. Siempre daba la razón a su interlocutor, no discutía nunca. Y tenía sus propias opiniones y juicios, eso seguro. Sabía muy bien lo que quería y hacia dónde se dirigía. Se callaba porque sabía que era mejor callar. No miraba de frente porque había decidido no hacerlo o sencillamente porque era así por naturaleza. Hay personas que no miran de frente.

Con Luz, era muy atento, incluso cariñoso. Fuera lo que fuere lo que veía en ella, significaba algo importante para él. Luz parecía contenta, aunque, sin duda por timidez, no era muy expresiva con su novio, no se colgaba de su brazo ni le cogía de la mano a la menor oportunidad. Eran unos novios discretos.

El día de la boda, la palidez de Luz, que de ordinario gozaba de muy buen color (casi excesivo, ya que le daba un aire pueblerino), era tan acusada que costaba reconocerla. Estaba guapa. Parecía haberse contagiado del aire de tranquila e indestructible felicidad que envolvía a Félix. Luz parecía flotar, haber accedido a otro mundo.

Después de la boda, vinieron los embarazos, los partos, el cuidado de los sucesivos hijos. Como su madre, Luz tuvo cuatro hijos. En su caso, dos niñas y dos niños. Clavados al padre. La huella de Luz no se veía por ninguna parte. Eran tan guapos que, naturalmente, Rosario los observaba con orgullo familiar, pero el que fueran tan parecidos a Félix le causaba una íntima irritación.

La nueva personalidad de Luz, totalmente dedicada, por no decir entregada, al cuidado de sus hijos, de su marido y de la casa, era lo que de verdad exasperaba a Rosario. Luz contaba con ayuda doméstica, pero, en opinión de Rosario, insuficiente. Podían permitirse mucho más. El obstáculo no estaba en Félix, que era de naturaleza generosa y sin duda estaría dispuesto a contratar más servicio para determinadas labores de la casa o el cuidado exclusivo de los niños. El obstáculo era Luz. Se diría que todas esas tareas, para las que nadie la había preparado, eran, precisamente, la meta de su vida. ¿Se reía tanto como antes? Quizá no, pero sonreía constantemente. Siempre había un niño enfermo en la casa, Félix llegaba muy tarde del trabajo, viajaba con frecuencia, pero de los labios de Luz no salía nunca una queja. Inmersa en su hogar, parecía estar en su sitio, donde siempre había querido estar.

—Hija mía —le decía Rosario—, deberías salir un poco, como hacen las chicas de tu edad aunque estén casadas y tengan hijos. Salen con amigas, se airean. Las labores de la casa, por mucha ayuda que tengas, agotan, no puedes estar en casa todo el tiempo.

Algunas veces, Luz asentía, decía, aunque con poca convicción, probablemente sólo para contentar a su madre, que cuando sus hijos fueran un poco mayores haría algo, aún no sabía qué, pero posibilidades había muchas, algo relacionado con el teatro, quizá, que siempre le había gustado. Rosario sabía que permanecería encerrada en la casa. Para empezar, ya no tenía amigas. Incluso Elvira había desaparecido, aunque quizá seguían hablando por teléfono. El caso era que Luz nunca la mencionaba. No tenía otra conversación que la que se refería a sus hijos y su marido.

Al menos, podía haber desarrollado una afición dentro del hogar, se decía Rosario. Podría aprender a cocinar, por ejemplo. Convertirse en buena cocinera puede ser algo muy entretenido, es algo creativo, además de útil. Pero no. Luz no hacía nada en la casa. Al final, Félix se había impuesto, y tras el nacimiento del último hijo se opuso a que su mujer se dedicara a las tareas domésticas, que quedaron en manos de un matrimonio filipino. La casa estaba impecable y Li, además, era un cocinero inmejorable, ¿por qué tendría Luz que aprender a cocinar? ¿A qué se dedicaba Luz durante todo el día? A cuidar de sus hijos pequeños. Era extraordinario lo mucho que le gustaban los niños. Le gustaba velar su sueño, mirarlos, hablarles, sacarles de paseo, darles de comer.

Se produjo una pequeña novedad. Luz y Félix salían a cenar con amigos dos o tres veces por semana. Eso supuso para Luz una especie de tarea, y, por lo menos, un nuevo tema en las conversaciones con su madre. A Félix le gustaba que Luz se vistiera con ropa de calidad, no ostentosa ni estridente, y luciera joyas buenas pero discretas. Y estaba el asunto del pelo, que siempre había martirizado a Rosario. Luz tenía una mata de pelo desordenada, enmarañada, un pelo grueso, fosco, que no se dejaba domar. Ahora Luz iba a la peluquería con frecuencia y a veces, cuando surgía una emergencia, una peluquera acudía a su casa a peinarla. El resultado era que la cabeza de Luz estaba siempre nimbada por un halo cobrizo de suaves rizos. Rosario no acababa de acostumbrarse. Miraba a su hija y le parecía que llevaba peluca, pero debía admitir que ese peinado no le iba mal. Al cabo de los años, Luz había conseguido convertirse en una mujer, si no claramente atractiva, sí agradable. Muy agradable, la verdad.

Félix adquirió una casa junto al mar para pasar los veranos. Cuando empezaba el calor, Luz, los niños y el matrimonio filipino se trasladaban a la nueva vivienda. Siempre que podía, Félix les visitaba. Se quedaba con ellos largos fines de semana y luego, en agosto, más de dos semanas seguidas. Se compró una lancha de motor para llevar a la familia de paseo y fondear en otras playas. Eso fue lo único a lo que se negó Luz. Le horrorizaba la lancha, no soportaba la velocidad ni el ruido y el espacio limitado que iba unido a ella. Félix fue muy comprensivo. Se diría que le hacía gracia la forma de ser de su mujer. Tenía miedo al mar, como muchas mujeres.

Hubo un verano que se inició con intensas lluvias. Luz no había metido los chubasqueros en la maleta, y Félix le dio a su suegra, que se ofreció a resolver el problema, un juego de llaves de la casa para que cogiera los chubasqueros y se ocupara de enviarlos. Luego se olvidó de reclamar las llaves, que Rosario guardó en una caja, y, quizá de manera inconsciente, se olvidó de ellas. Mientras las introducía en la caja, se dijo que podía ser razonable tener un juego de llaves de la casa de su hija, podía surgir en el futuro una eventualidad parecida. Lo cierto es que las olvidó.

Cuando Luz estaba sola con los niños (y con el matrimonio filipino) en la casa de la playa, Rosario la llamaba por teléfono diariamente. Tenía la incómoda sensación de que su hija había sido abandonada, tal y como siempre había temido. Un hombre tan guapo y tan rico como Félix Unceta estaba abocado a abandonar a Luz.

En una de las conversaciones telefónicas que tenían lugar, indefectiblemente, a la caída de la tarde, cuando Rosario daba por medio concluido el día y pensaba que las dos, ella y su hija, tendrían más cosas que contarse, Luz le comentó a su madre que se había olvidado de llevarse a la casa de la playa las cartas del tarot, a las que se había aficionado, una novedad. No importaba, claro, siempre podía comprarse otras, no era un asunto irresoluble. Lo curioso era, comentó Luz, que se había llevado los libros (dos) que explicaban cómo debían tirarse las cartas y el significado de las cartas y de las tiradas. Pero fiel a su carácter tranquilo, y como si quisiera hacer desaparecer el menor atisbo de inquietud que aquella confesión —el olvido de la baraja del tarot— pudiese haber provocado, ni siquiera le pidió a su madre que se las enviara, tal como había hecho con los chubasqueros.

A Rosario, sin embargo, el asunto le pareció importante. Primero, no sabía que su hija se hubiera aficionado al tarot. Segundo, el tono que había empleado Luz era el de alguien a quien le interesa mucho una cosa y no entiende por qué se ha producido ese olvido. Algo parecido (o contrario) al lapsus.

Una idea surgió de pronto en la mente de Rosario: enviar a su hija las cartas del tarot. Estaba segura de que a Félix todo ese asunto le parecía una tontería y que Luz no le pediría que le llevara las cartas en su próximo viaje. Sería ella, la madre, quien se encargaría de hacer llegar la dichosa baraja a su hija. Luz tenía derecho a ese capricho, por absurdo que fuera. Tenía el derecho de hacer cosas que no entraban en los parámetros establecidos por Félix. En el fondo, si enviaba a su hija la baraja del tarot no era tanto para satisfacer los deseos de Luz como para fastidiar a Félix.

Rosario salió de casa a media mañana, bajo un sol implacable, con las llaves de la casa de su hija en el bolso. Se sentía como quien va a cometer una especie de delito. En cierto modo, así era. Nadie estaba al tanto de esa intrusión. Hacía horas que Félix debía de haberse marchado a su trabajo y la asistenta iba por las tardes.

La llave giró silenciosamente en la cerradura. La puerta, al abrirse, no hizo el menor ruido. Las sandalias de Rosario se deslizaron blandamente por el pasillo.

Se escuchaban unos ruidos. Y muy extraños. Aullidos, gemidos.

Rosario avanzó hasta la puerta del dormitorio, que estaba entreabierta. La empujó levemente. Se convirtió en una estatua de sal.

100

Dos personas desnudas, entrelazadas, eso había sobre la cama. Moviéndose compulsivamente, jadeando, gritando casi. Félix y otra mujer.

—¿Qué es esto? —dijo al fin Rosario—. ¿Qué hacéis aquí?, ¿quién es esta mujer?

Siguió allí, petrificada, otra vez muda.

Entonces vio la cara de la mujer. La conocía. Era Elvira, la gran amiga de Luz. Recordó lo que le había dicho hacía poco Luz: al cabo de los años, la amistad se había reanudado. ¡Reanudado!, ¡y de qué manera!

—¡Qué vergüenza! —susurró.

Luego se dio la vuelta y se fue.

No volvió a pensar en las cartas del tarot.

Félix telefoneó a su suegra esa misma noche, pero ella se negó a hablar con él. Al día siguiente, se presentó en la casa, habló con su suegro. Le confesó, compungido, que todo había sido un capricho, un error, que, por favor, lo olvidaran. No se volvería a repetir. Él mismo no entendía por qué lo había hecho. Era mejor dejar a Luz al margen, que no sufriera, ¿para qué? No había ninguna razón. No iba a volver a suceder. No había sucedido. Lo pedía por favor. Que lo olvidaran todos.

Rosario se negó a hablar con él.

A mediados de septiembre, Luz, los niños y el matrimonio filipino regresaron de la casa de la playa.

Luz llevó los niños a su madre para que viera el buen color que el sol y el aire del mar habían dejado en su piel. Los cuatro, las dos niñas y los dos niños, estaban más guapos que nunca, el pelo se les había aclarado y a las niñas se les habían formado pequeños tirabuzones. Correteaban por el pasillo, iban de aquí para allá, la merienda descansaba sobre la mesa del comedor.

Luz dijo a sus hijos, con mucha suavidad, que comieran algo, uno de esos sándwiches tan ricos que preparaban siempre en casa de la abuela.

Los niños volvieron a salir al pasillo. Rosario y Luz estaban sentadas en las butacas, junto a la ventana. Aún era de día. Se escuchaban las risas de los niños, las carreras, los gritos.

Rosario miró a su hija, que parecía sonreír al infinito, abstraída.

–Tengo que decirte algo –dijo Rosario–. Es muy doloroso para mí, y sé que te va a hacer daño. Pero lo tienes que afrontar. No se puede vivir de espaldas a los hechos. Mi deber como madre es decírtelo.

–No sigas –dijo Luz, tajante–. No tienes nada que decirme. Lo sé todo. Félix me lo ha contado. Es espantoso, por muchos motivos. Pero no lo voy a hablar contigo. Es algo entre Félix y yo. Ya está arreglado.

Rosario intentó decir algo, pero las palabras se le quedaron dentro.

Luz se levantó y llamó a sus hijos.

—Nos vamos —dijo—. Se nos ha hecho muy tarde.

Así fue. Se marcharon. Los niños dieron un beso a su abuela. Luz musitó un escueto «adiós». Rosario evitó mirar a su hija.

¿La conocía?, se preguntó, sentada de nuevo en la butaca. ¿Conocía a Luz? En muy contadas ocasiones Luz había sido tajante. Cortante, incluso. De pronto, Rosario lo recordó: había ido a casa de Luz para coger las cartas del tarot y enviárselas a la casa de la playa. Se lo tenía que haber dicho a su hija. No había ido para espiar a nadie. Sus intenciones habían sido buenas.

No volvieron a hablar del asunto. Félix acudía a la casa de sus suegros en las fiestas familiares, se comportaba con educación, con forzada cordialidad, pero discretamente, sin exageraciones. Seguía siendo atento con Luz, quizá menos cariñoso. Era menos cariñoso con todo el mundo. Rosario apenas le miraba, aunque le saludaba.

Luz tampoco miraba mucho a su madre. Nunca se quedaba a solas con ella, pero cuando iba a ver a sus padres, no sólo en las fiestas familiares, sino con cierta frecuencia, sonreía vagamente al infinito. La misma sonrisa de su padre. Resignación o carácter, manera de ser.

La de Rosario fue una muerte rápida. Perdió el conocimiento una mañana y murió antes de medianoche. Pedro, su marido, la lloró. Luz, su única hija, la lloró también. No sabía si había perdonado a su madre, pero, sorprendentemente, la lloró.

Nunca llegó a preguntarse por qué había ido su madre a su casa en mitad de aquella mañana de verano. Si había llegado a odiarla, no era sólo por eso. Hubiera querido que las lágrimas se llevaran por delante todo el odio acumulado contra su madre. Pero eran unas lágrimas que no se llevaban nada, que sólo intentaban expresar algo, una incertidumbre, una vaga queja. Unas lágrimas que había que olvidar.

AFICIONES

A Virginia le gustaban mucho las lanas. Podía decirse que las coleccionaba. Lanas de mohair, de cachemir, de mezclas de algodón, seda o lana virgen especialmente tratada. Lanas muy buenas. Y muy caras. Le gustaba tocarlas, más incluso que tejer con ellas, decía. Siempre que iba a los grandes almacenes recalaba en la mercería. Recibían lanas nuevas con enorme frecuencia, cada quince días, cada semana, incluso. A Virginia no le importaba gastarse más dinero del previsto. Compraba las lanas porque le gustaban. En general, ni siquiera sabía, en el momento de la compra, el empleo que luego les daría, ni cuándo sería eso.

Virginia le dijo a Osvaldo que había empezado a tricotar después de casarse. Tenía mucho tiempo libre. Quería terminar la carrera, que había dejado a medias para casarse, y, además de ocuparse de la casa

105

(muy poco), estudiaba Macroeconomía y Estadística. Sus días concluían frente al televisor, rodeada de madejas de lana y con las agujas de hacer punto entre las manos. Entonces llegaba Federico y muchas veces salían a tomar algo. Entre las obras más memorables que Virginia había logrado finalizar estaban una bufanda larguísima y demasiado ancha y un jersey muy grande, también excesivo, para Federico. La lana picaba un poco. Era lana virgen, sin mezcla de fibra artificial. Pero Federico utilizaba el jersey (marrón) de vez en cuando y, durante el invierno, solía enroscarse la inmensa bufanda (verde) al cuello.

Había sucedido una cosa curiosa, dijo Virginia. Habían desaparecido la mayoría de las tiendas de lanas que existían en su juventud y que habían proliferado por todas partes –no había barrio que no tuviera una–. Ahora compraba las lanas en la sección de mercería de los grandes almacenes. Eran unas lanas estupendas, mucho mejores que las que había comprado en el pasado. Había, además, agujas de bambú, que no se fabricaban o no se vendían en España cuando ella había empezado a tejer.

Como Federico era un gran aficionado al bricolaje e iba con cierta frecuencia a la ferretería de los grandes almacenes, Virginia le acompañaba y, mientras él merodeaba por la ferretería, ella iba a la mercería. Si luego le sobraba tiempo, se pasaba por la sección de perfumería y se compraba cremas. Se cuidaba mucho las manos. Cuando tricotaba, cuan-

106

do acariciaba las lanas, cuando las compraba, Virginia se miraba las manos y se sentía contenta, orgullosa de ellas.

Era difícil saber qué había exactamente entre Virginia y Federico. A Osvaldo le daba la impresión de que formaban un matrimonio sólido. Llevaban casados más de treinta años. Sólo tenían una hija, Genoveva, que era socia fundadora de una galería de arte, un negocio poco rentable, que no le daba para vivir, pero tenía otras muchas ocupaciones, todas más o menos relacionadas con las bellas artes, y se las arreglaba razonablemente bien. Compartía piso con otras dos chicas. Había tenido un novio muy celoso y ahora andaba suelta y, a lo que parecía, feliz.

Cuando Virginia hablaba de Federico, casi siempre se refería al pasado. Cuándo se habían conocido, la vida que llevaban en los primeros años de casados, lo insoportable que era su suegra, la madre de Federico, que ya había muerto, el cambio que había supuesto la irrupción de la niña en sus vidas. Esos recuerdos emanaban cierta nostalgia. Osvaldo intuía que aún existía entre ellos cierta clase de amor.

Virginia dejó caer que ésa no era la primera aventura amorosa de su vida matrimonial. Había dos, quizá tres precedentes. Ya casada, Virginia había finalizado sus estudios y había tenido un lío con un profesor. Luego había venido la niña. Más tarde, se había enredado con un alumno, porque Virginia había sido algo así como ayudante de un profesor (no del profesor con quien había tenido la primera aventura). Y quizá había habido alguna que otra cosa. Virginia era de esas personas que miraban a los demás, que no se contentaba con su vida. Tampoco era que fuese buscando aventuras. Estaba a punto de cumplir cincuenta años. Por un lado, aún se sentía capaz de gustar a los hombres. Por otro, la idea le daba cierta pereza. Así se lo dijo a Osvaldo.

El día en que Osvaldo y Virginia se conocieron, había ido sola a los grandes almacenes. Después de ir a la mercería, donde compró lanas, el ovillo que necesitaba y algunos otros, fue a la perfumería y se compró unas cremas, no sólo para las manos.

Por la calle, una de las bolsas con las compras se enganchó en una papelera y le hizo perder el equilibrio por unos instantes. No se cayó al suelo, pero el contenido de la bolsa de las lanas rodó por el asfalto.

Así se habían conocido. Osvaldo había recogido los ovillos de lana desperdigados por el suelo y los había ido metiendo en la bolsa que aún colgaba de la mano de Virginia.

Apenas hablaron. Virginia le dio las gracias. Osvaldo le dijo que menos mal que eran lanas, no se podían romper.

Se miraron un momento, como si el comentario tuviera un punto de exceso, de intromisión. Virginia sonrió y le dio las gracias al hombre.

Mientras, ya en casa, dejaba las lanas y las cremas en su sitio, Virginia se dijo que el breve encuentro con ese hombre había despertado algo en ella. Hacía tiempo que nadie la miraba así.

Eso había ocurrido una tarde de otoño. En la calle, mientras las lanas rodaban por la acera, aún había luz.

Osvaldo la había reconocido enseguida. Ahí estaba, en medio de la gente que se movía por las salas, mirando los cuadros, hablando, sosteniendo una copa de cava, la mujer de las lanas, ¿era, de verdad, ella?

La estuvo espiando. Se le acercó en cuanto vio que se quedaba un momento sola. No sabía lo que iba a decirle.

Virginia le miró, como si también ella le hubiera reconocido. Se pusieron a hablar de los cuadros.

Osvaldo dijo que el pintor era hermano suyo. Virginia alabó la combinación de colores. Osvaldo le preguntó si ella también era pintora. Virginia se rió. Nada de eso, dijo, ella era incapaz de pintar, aunque debía de ser maravilloso poder hacerlo. Osvaldo le preguntó si le gustaba tejer y mezclar lanas de colores, si recordaba una tarde en que, en plena calle, se le había enganchado en alguna parte una bolsa llena de ovillos de lana y todo había rodado por el suelo. Un hombre la había ayudado a recoger las madejas, ¿lo recordaba? Era él.

Por un momento, Osvaldo pensó que ella lo negaría. Quizá no fuera cierto. No se trataba de esa mujer.

Pero Virginia sonrió. ¡Qué memoria tenía ese hombre! ¿Cuánto tiempo había pasado de eso?, ¿una, dos semanas? Sí, era ese hombre, el hombre que la había acariciado con los ojos.

Osvaldo le dijo a Virginia que ese ambiente no era el suyo. Los artistas le desconcertaban. Admiraba sus obras, pero eran personas difíciles de tratar. Borja, su hermano, siempre había dibujado muy bien, desde pequeño. Se estaba haciendo famoso.

Virginia dijo que su hija era socia de la galería y que estaba entusiasmada con la exposición.

—Es curioso que nos hayamos vuelto a encontrar —dijo Osvaldo—. Nos hubiéramos visto aquí, de todos modos. A lo mejor nos habría presentado alguien. En cierto modo, somos viejos amigos.

—No siempre vengo a las inauguraciones de las exposiciones —dijo Virginia.

—Así que es una auténtica casualidad —dijo Osvaldo.

Lo era. Un día, en medio de la calle, un hombre recoge unas lanas caídas al suelo y te mira intensamente mientras te las da. Te encuentras con ese mismo hombre unos días después en un lugar completamente distinto, no del todo privado, no del todo público. Tanto él como tú estáis ahí por casualidad. De ningún modo su presencia en ese lugar estaba asegurada, aunque nunca lo está.

Osvaldo le dijo a Virginia que tampoco él había estado muy seguro de poder asistir porque al día siguiente se marchaba de viaje y aún tenía cosas pendientes que resolver, pero su hermano Borja, comentó, era muy susceptible, y se habría tomado muy mal su ausencia, de manera que había hecho un esfuerzo, aunque se tenía que ir enseguida.

—El próximo miércoles volveré con más calma —dijo Osvaldo—. Además, unos amigos míos quieren comprarle un cuadro a Borja y me han pedido que les acompañe. La verdad es que me resulta muy difícil opinar sobre la obra de mi hermano.

Los ojos de Osvaldo fueron los encargados de finalizar la frase.

—Quizá yo también pueda venir el miércoles —dijo Virginia.

Osvaldo se despidió. Simplemente, presionó el hombro de Virginia. Un gesto que se eternizó. Una mano firme, envolvente, posesiva.

Se sintió ligeramente mareada al salir a la calle. No recordaba si se había despedido de su hija. No importaba. Genoveva no estaba pendiente de ella en esa clase de actos. Quizá nunca, se dijo de pronto Virginia. Genoveva se había ido alejando de ella. ¿Por qué sentía ahora un golpe de pena, de soledad?

Había ido sola a la exposición. Volvía sola a casa. No era nada raro. Así era casi siempre. Federico no solía asistir a las inauguraciones. Pero le gustaba el negocio de su hija y se interesaba por él. Hablaba con Genoveva de rentabilidad, de amortizaciones, de beneficios. Virginia les oía hablar y se asombraba de que fueran tan parecidos.

111

Eran sus seres más queridos, su familia. No dudaba de eso. Pero sentía dentro de sí un gran vacío. ¿Llegaría a decírselo a ese hombre, Osvaldo, alguna vez? En eso consistía tener una aventura, en poder desahogarse un poco, en obtener algo de consuelo, un aliciente nuevo.

El miércoles, mientras Virginia caminaba en dirección contraria, de su casa a la galería de arte, se preguntó si, a fin de cuentas, aquello era una verdadera cita. Por la mañana, Virginia había llamado a Genoveva y le había dicho que a lo mejor se pasaba esa tarde por la galería.

A Genoveva no pareció sorprenderle que su madre planeara ir a la galería, como si fuera algo habitual en ella, una costumbre. Pero es que a nadie le sorprende demasiado lo que hacen los demás, siempre que no interfiera en lo suyo. Eso era algo que ya sabía Virginia, aunque lo olvidaba una y otra vez. Hay más margen para la independencia de lo que creemos, no por generosidad sino por indiferencia, por desinterés. Sobre todo, entre las personas que viven cerca unas de otras. Se llega a pensar que están atadas entre ellas, pero no es del todo cierto. Al menos, no en su caso. Lo que Virginia hiciera o no con su tiempo libre era algo que ni a su marido ni a su hija les interesaba. Nunca le preguntaban nada.

Virginia colgó el teléfono sin decir nada más.

Había estado a punto de darle a su hija más explicaciones, decirle que el hermano de Borja, el pintor, le había pedido que aconsejara a unos amigos que querían comprar un cuadro, pero era una historia complicada y larga. Ni siquiera era una historia. Tenía todo el aspecto de ser una excusa.

Se lo comentó a Osvaldo más de una vez, el margen de libertad que existía siempre entre las relaciones.

Quizá Virginia tuviera razón, se decía Osvaldo, pasados los años. Quizá el misterio siempre esté ahí, aunque creamos saberlo todo.

Osvaldo ya había llegado. Le acompañaban dos mujeres —una de ellas, de cierta edad— y un hombre joven. Les mostraron los cuadros que más les gustaban.

Genoveva vendría más tarde, dijo Mara, otra de las socias de la galería.

—Es un pintor fantástico —dijo—. ¿Qué opinas tú, Virginia?

Una de las mujeres que iban con Osvaldo —la de más edad— le preguntó con mucho interés, como si Virginia fuera una experta:

—¿Cuál es el que más te gusta?

—Es difícil decirlo, no sé. —Levantó un poco la mano—. Puede que éste, sí.

—A Genoveva le encanta —dijo Mara, como corroborando la elección.

Virginia se fijó algo más en el cuadro que tenía

enfrente. Quién sabe, quizá fuera bueno. Todos lo miraban con expresión de felicidad, como si se les estuviera revelando algo.

Luego, Mara puso la marca, un círculo de color rojo, junto al lienzo, y el grupo, las dos mujeres y el hombre, se fue con ella hacia al mostrador para pagar el cuadro o dejar un adelanto o lo que fuera. Virginia y Osvaldo se quedaron frente al cuadro.

–¿No son éstos los colores de tus lanas? –preguntó Osvaldo.

Virginia se rió. Negó con la cabeza.

Luego fueron todos a un bar cercano. La mujer de cierta edad se llamaba Beatriz y mostró un gran interés por Virginia.

Virginia se encontró haciendo un pequeño resumen de su vida para ella. Hacía un año que, debido a los recortes en la empresa en la que trabajaba, no tenía empleo. Dadas las circunstancias –no parecía verse el final de la crisis económica– , sería difícil ya encontrar algo. Pero no echaba de menos el trabajo fuera de casa. Le gustaba tener tiempo libre.

–Tener tiempo libre y saber cómo emplearlo es algo que muy pocas personas saben hacer –dijo Beatriz, que iba por su segunda copa de vino.

Sonó como una sabia sentencia.

Beatriz, se dijo Virginia, parecía una amiga de toda la vida dispuesta a darle la razón en todo.

Se hacía tarde, pero Virginia se quedó un rato más. Cuando dijo que se tenía que marchar, Osvaldo insistió en acompañarla a casa, pero Virginia fue tajante. Vivía cerca, aún era temprano. Llegó incluso a levantar un poco las manos, como deteniendo cualquier movimiento.

Es curioso, pero ese gesto de rechazo —las manos de Virginia en el aire, mostrando las palmas hacia él— se le reproduce en la cabeza a Osvaldo mucho tiempo después. Fue un aviso. Y resultó muy eficaz, además. Osvaldo no acompañó a Virginia a casa. No tuvo más remedio que quedarse en el bar y pedir otra copa de vino. De todos modos, ya tenía el número del teléfono móvil de Virginia y también sabía a qué hora era más oportuno llamar.

Osvaldo llevaba un año divorciado. Era ligeramente más joven que Virginia. Trabajaba en el Ministerio de Fomento. Había sido en dos ocasiones director general de un departamento. Ahora era subdirector. No tenía hijos. Vivía solo.

—No voy por ahí en busca de consuelo —le dijo a Virginia, días más tarde—. No me siento solo.

—Yo sí —repuso Virginia—. Siempre me he sentido sola. Ése es mi problema.

El apartamento de Osvaldo estaba encima de un restaurante de moda. Virginia se dirigía hacia él con paso firme y, en lugar de entrar en el restaurante, desaparecía en el portal, casi como en un truco de magia. No era probable que Federico fuera a ese restaurante, pero en el momento de atravesar el umbral siempre sentía un pequeño temblor. Imaginaba el asombro de Federico, ese «¿Qué haces aquí?» que brotaría de sus labios y para el que no tenía respuesta.

Los encuentros tenían lugar por las tardes. El tiempo transcurría más deprisa de lo que les hubiera gustado. Hablaban mucho. Osvaldo se consideraba un hombre desengañado. Su mujer le había sido infiel. Por su parte, él también le había sido infiel a ella. Pequeñas aventuras sin importancia.

–¿Como la nuestra? –preguntó Virginia.

Osvaldo lo había negado. Eso era distinto. Mejor dejarlo ahí: distinto. Virginia no exigía más. No exigía nada. Parecía ser muy consciente de lo precario de la aventura. No lo discutía.

Los únicos conocidos comunes que tenían eran el pequeño grupo de amigos que habían comprado un cuadro a Borja y el mismo Borja, a quien Virginia había conocido en la galería. Los amigos eran coleccionistas. Beatriz era viuda. Ella y el hombre joven eran hermanos. La mujer más joven era la actual novia de su hermano. Virginia dijo que Beatriz le había caído muy bien.

Osvaldo comentó que Beatriz había llevado una vida interesante. Su marido, diplomático, era un hombre encantador. Estaba loco por ella. Habían vivido en países lejanos. Él le había inculcado el gusto por las cosas bonitas y por el arte contemporáneo. Se había muerto de forma repentina. Un ictus o algo

116

así. Beatriz se habría podido casar con quien hubiera querido. Pretendientes no le faltaban. Algunas veces, Beatriz desaparecía, se iba a un largo viaje con uno de sus ricos pretendientes. De vuelta en casa, vivía sola. Era una mujer independiente. Nadie conocía su edad.

—A mí me pareció una mujer joven —dijo Virginia.

—Quizá lo sea —convino Osvaldo.

Borja también le inspiraba curiosidad a Virginia. Le habría gustado conocerle. Si no hubiera estado por medio el asunto de la galería de arte —la sombra de Genoveva se proyectaba sobre los cuadros de las exposiciones y los pintores que exhibían sus obras—, quizá se habría arriesgado a hacerlo, pero ¿cómo pedirle a Borja, en el caso de que llegaran a conocerse algo más, que no le comentara nada a Genoveva?

A veces, Genoveva hablaba de Borja. Sentía un gran entusiasmo por su pintura. Se habían hecho amigos. Borja vivía con Ariel. Sin duda, eran pareja, aunque Osvaldo no se daba por enterado. Borja nunca le había comentado nada al respecto.

—Pero es evidente, ¿no? —dijo Virginia.

—No están casados, es todo lo que sé.

—¿Tanto significa el matrimonio para ti? —preguntó Virginia.

—Para mí, para ti y para todos —dijo Osvaldo—. El matrimonio supone una declaración pública, oficial. Es un paso importante.

El matrimonio no era para él, de eso estaba seguro. Por lo demás, a Osvaldo le gustaban todas, o casi todas, las mujeres. El hecho de que su aventura con Virginia fuera algo distinto —y lo era— no significaba que las otras mujeres se hubieran evaporado. Eso no se lo decía a Virginia. Probablemente, ella lo sabía, contaba con ello.

Sin darse mucha cuenta, Osvaldo se embarcó en una aventura con una de las secretarias de dirección. En el piso de Osvaldo se sentía la huella de Virginia. A veces, se dejaba cosas. En una ocasión, una bolsa con lanas recién compradas. Sol, la secretaria, era muy perspicaz. Descubriría las lanas o un pañuelo o el perfume en la estantería del cuarto de baño. Objetos femeninos en el apartamento de un hombre que vive solo. A Osvaldo no le apetecía someterse al escrutinio de Sol. Tampoco podían ir a casa de ella. Sol vivía con un hombre. No se sabía qué acuerdo había entre ellos, pero mantenían las formas. Fueron a un hotel. El peligro de que Virginia se enterara de aquella aventura era muy remoto. Si eso llegara a suceder, Osvaldo lo negaría todo, le prometería que no se volvería a repetir, no permitiría que lo abandonara.

Aquella tarde, Virginia estaba excepcionalmente pálida.

—No me encuentro bien —anunció—. Sólo he venido a verte un momento.

Osvaldo se sirvió una copa de vino blanco y se aflojó el nudo de la corbata. Virginia no quiso beber nada.

—He ido al médico —dijo Virginia—. No estoy bien. No es nada verdaderamente serio, pero tendremos que dejar de vernos por una temporada.

—¿Por qué? —preguntó Osvaldo

—No tengo fuerzas para todo —dijo Virginia.

—Así que has decidido prescindir de mí.

—Es mejor así. Te llamaré en cuanto me encuentre mejor.

—¿Es una ruptura, una excusa para desaparecer sin dar explicaciones? —preguntó Osvaldo.

—Nunca se me ocurriría algo así —dijo Virginia—. Tengo que recuperar la salud, eso es lo que pasa.

Cuando Virginia se fue, Osvaldo llamó a Sol. No estaba en casa.

El teléfono móvil de Virginia no contestaba. Osvaldo dejaba mensajes que nunca eran devueltos. Seguía sospechando que Virginia le había mentido. Alguna vez le había dicho que odiaba las despedidas. Siempre se hablaba más de la cuenta, se prolongaba excesivamente el tiempo, se lloraba, se sufría. Las cosas a veces se acaban sin explicación alguna. O por muchas razones entremezcladas, no es fácil separar unas de otras, distinguir una entre las demás y tenerla por la verdadera causa de algo.

¿Era mejor mentir? También habían hablado sobre eso. A Virginia no le gustaba el verbo «mentir». ¿Mentiras?, ¿verdades?, ¿estaba todo tan claro?, ¿no tenía cada persona su propia valoración sobre la mentira y sobre la verdad?, ¿era una persona siempre la misma?

Osvaldo estaba de acuerdo. Él no le daba tantas vueltas a las cosas, pero era cierto, en cuanto empezabas a pensar, todo se volvía más y más complicado y al final te sentías perdido.

Quizá un día Virginia le volviera a llamar y le dijera que ya estaba curada o que la enfermedad había sido una mentira.

Llegó el verano. Sol adelantó sus vacaciones. Se despidieron en la habitación del hotel. Sol tenía prisa. Algunas veces, tomaban algo en un bar cercano. Pero aquel día Sol quería estar en casa cuanto antes. Tenía que preparar las maletas. Se iba de viaje con un grupo de amigos, el hombre con quien vivía, entre ellos. Un viaje largo, de muchas escalas. Sol parecía ilusionada.

Aún era de día. Osvaldo se sentó en la terraza de un bar. Las mujeres se marchaban, se dijo. Y de pronto le entró una gran inquietud. Sol regresaría y estaría nuevamente harta del hombre con quien vivía. Eso no le importaba, porque no le importaba Sol. Le importaba Virginia. Ya no estaba. Ya no existía. No es que se hubiera ido de viaje ni que se hubiera tomado tiempo para pensar. Es que estaba enferma de verdad. Le vino a la cabeza la breve conversación que habían mantenido, junto a la ventana. Vio la luz del invierno brillando tenuemente en el cristal, nimbando la cabeza de Virginia. La palidez de la luz en la cara pálida de Virginia.

Podía indagar. Podía llamar a su hermano Borja y pedirle que hablara con Genoveva y le preguntara por su madre.

Borja le prometió que se enteraría. Hacía tiempo que no veía a Genoveva, pero se le ocurrían muchas excusas para llamarla. No le preguntó a Osvaldo por qué tenía de pronto tanto interés en la madre de Genoveva. Dio por sentado que se trataba de algo importante.

Al mediodía, recibió la llamada de Borja. A la madre de Genoveva le quedaban unos días, quizá unas horas, de vida. Acababan de trasladarla del hospital a su casa.

—¿Sabías que estaba enferma? —preguntó Borja.

—Sí —dijo Osvaldo.

Luego Borja musitó algo, un «lo siento» o algo parecido, un murmullo de condolencia.

—Gracias —susurró Osvaldo.

Por la tarde, se acercó hasta la casa de Virginia. Se quedó un rato en la calle, mirando las ventanas que correspondían a su piso.

En el cementerio, Osvaldo se unió a la comitiva.

Pasó revista a los hombres enlutados. Había uno que se destacaba. De vez en cuando, se dirigía hacia la hija, Genoveva. Debía de ser Federico, el marido.

El cura pronunció unas palabras, los familiares y los amigos echaron flores sobre la tumba. El grupo, poco a poco, se dispersó. Osvaldo arrastró sus pies por el sendero de tierra.

Ya no sabré nada. Me he quedado al margen para siempre, se dijo.

Hacía calor, pero Osvaldo, de pronto, se acordó de las bufandas y de los jerséis de lana que Virginia había tejido, ¿adónde habrían ido a parar? Llegaría el invierno y un día Federico y Genoveva se enfrentarían a todas esas bufandas y esos jerséis que probablemente ahora estarían guardados en bolsas. ¿Y las madejas de lana sin utilizar?, ¿qué harían con ellas?

—Fíjate qué curioso –dijo Virginia una vez–, están volviendo a abrir tiendas de lanas, aunque son distintas de las de antes, más sofisticadas. Tienen lanas de todas clases. Ya no necesito ir a los grandes almacenes. Han puesto una tienda estupenda muy cerca de casa. Dan clases de calceta y de ganchillo. Siempre hay unas mujeres ahí, alrededor de una mesa. Yo nunca me apuntaría a una clase de ésas, pero lo comprendo, es una excusa para pasar el rato. A las mujeres se las ve muy entretenidas, muy concentradas.

Ése era el mundo de Virginia que quedaba fuera de su alcance. La nueva tienda de lanas, unos portales más arriba o más abajo del suyo, en la que ella entraba con frecuencia, la mirada que dirigía a las mujeres que hacían calceta sentadas alrededor de la mesa. Virginia andando por la calle, como el remoto día en que la había conocido, justo en el momento en que las madejas de lana habían rodado por el suelo.

¿Con quién hablar de Virginia? Habían compartido un mundo en el que sólo cabían ellos.

A la vuelta de las vacaciones, Osvaldo llamó a Beatriz, pero no pudo dar con ella. Acudió a Miguel, el hermano. Beatriz vivía ahora en una residencia, le explicó, era mucho más cómodo para todos. Había sufrido una caída, se había roto la cadera y se le había agravado la demencia.

–¿Demencia?, ¿qué demencia? –preguntó Osvaldo.

–Demencia senil. Alzhéimer. Llámalo como quieras –dijo Miguel–. En la residencia está muy bien atendida. Una cuidadora se ocupa todo el tiempo de ella.

–¿Se la puede visitar?

–Claro. Yo voy todos los viernes. Llámame y vamos juntos. A lo mejor te reconoce. En todo caso, se alegrará de verte. Le gustan las visitas.

Osvaldo no llamó a Miguel. Prefería ir solo.

El edificio de la residencia era agradable, claro, luminoso. Estaba rodeado de un jardín. Parecía un hotel.

Una joven vestida con un uniforme blanco le atendió en el mostrador de recepción.

–¿Es usted familia de doña Beatriz? –le preguntó.

–Soy un amigo –dijo Osvaldo–, un amigo de la familia.

–Ahora mismo la aviso. Pase y póngase cómodo.

El salón era amplio y daba a un patio con una pequeña piscina cubierta con una lona azul, césped y un par de árboles. Había sofás, butacas, mesas, dispuestos para crear ambientes. Centros de flores secas sobre las mesas. El tapizado era de flores desdibujadas, rosas, anaranjadas, blancas. Algunas personas, todas de cierta edad, estaban aquí y allá, sentadas, ojeando un periódico o una revista o hablando entre ellas. En el patio no había nadie.

Al cabo de un rato, apareció Beatriz. Se apoyaba en el brazo de una mujer que debía de proceder de algún lugar de América Latina.

Osvaldo la saludó y recibió una sonrisa enigmática. ¿Era la Beatriz de siempre?

Quizá sí, pero no encajaba allí. Iba bien arreglada, ligeramente maquillada, con zapatos de tacón bajo, discreta. Pero Beatriz no podía ser discreta. Era una mujer acostumbrada a exhibirse, a mostrar su poder de atracción.

Se sentaron en uno de los ambientes que formaban dos sofás dispuestos en «ele», con la mesa baja y las flores secas en el centro.

Osvaldo se dijo que Beatriz le había reconocido. Le miraba complacida.

–¿Qué tal es este lugar? –preguntó Osvaldo.

–Ya lo ves –dijo Beatriz–. Horrible.

Miró hacia el patio.

–¿Ves la piscina? –preguntó–. Nunca le quitan la

124

lona. Nadie se baña en ella, por supuesto. Ni siquiera sabemos si tiene agua.

—Será por seguridad —dijo Osvaldo.

—Sí, pero no deberían tenerla. Es un insulto.

La cuidadora se había sentado en el extremo de uno de los sofás. Había sacado de una bolsa una labor de punto. Sonreía calladamente.

—¿Te gustaría darte un baño? —preguntó Osvaldo, recordando que Beatriz había sido buena nadadora.

—No, en absoluto.

—¿Quieres que salgamos a dar un paseo?

—Por un lado sí, pero por otro no. Quizá más tarde, cuando baje un poco el sol.

—Entonces volveré dentro de un rato, ¿te parece?

Era difícil entablar una conversación con Beatriz. Nada más decir algo, se quedaba herméticamente callada, como si no tuviera nada que añadir, como si hubiera llegado a una conclusión irrevocable.

Osvaldo se despidió. Se inclinó para besarla. Beatriz cerró un momento los ojos.

La cuidadora dejó a un lado la labor de punto, se puso de pie y le agradeció su visita.

—Es por ahí —dijo, indicando la dirección de la salida.

Osvaldo dio unos pasos. Se volvió. Beatriz dijo:

—No vengas muy tarde.

Volvería otro día, se dijo Osvaldo. Darían un paseo, se sentarían en la terraza de un bar.

En la calle, seguía el calor. Se sentó en la terraza

del bar adonde podría llevar a Beatriz si volvía a visitarla. La terraza estaba a la sombra, protegida por un emparrado. Un lugar un poco escondido, en el que nunca hubiera reparado, ajeno a su vida. Aunque en el interior del bar había gente —no mucha—, la terraza estaba vacía. Hubiera podido ir allí con Virginia, lejos de las casas de los dos. Como si estuvieran en otra ciudad, como si viajaran juntos o fueran extranjeros, gente que no necesita vínculos ni señales conocidas. Simplemente, ellos, con sus gustos, sus manías, sus aficiones.

Entró una pareja de jóvenes. Se sentaron en un rincón de la terraza. La chica apoyó la cabeza en el hombro del chico. Pidieron cerveza. Se besaron. Eran besos largos, inacabables. A Osvaldo le molestaba esa clase de exhibiciones, ¿por qué hay que hacer muestras de amor y de deseo delante de todo el mundo? De todo el mundo no. Sólo de él. Se sintió invisible y aliviado. Sonrió a la pareja y se fue.

EN TIERRA EXTRAÑA

Mientras deshace el equipaje, Iván escucha en su interior la frase que, ayer por la noche, leyó en una novela: «Qué difícil es predicar el Evangelio en tierra extraña.» Es la reflexión que un sacerdote cristiano lleno de buenas intenciones se hace en el sur de la India, intentando comprender a los habitantes del país que ama y que ha hecho suyo. Una tierra extraña.

Cuando leyó la frase, Iván pensó en anotarla, porque últimamente olvida todo lo que quiere recordar, esas cosas pequeñas que se le van ocurriendo durante el día y casi siempre en lugares donde no tiene a mano nada para escribir. Se dijo que esa frase expresaba a la perfección lo que era él. Así se sentía siempre: en tierra extraña. Se daba cuenta ahora, al cabo de los años. Siempre se había sentido así. Amaba lo que veía, lo que le rodeaba, pero sabía que nunca llegaría a comprenderlo. Él, desde luego, no predicaba el Evangelio, no predicaba nada, a no ser que todo el mundo tuviera su propio Evangelio y que lo predicara de forma involuntaria, sin predicarlo explícitamente. Pudiera ser.

La India, ¡qué lejos estaba y cómo le había fascinado siempre! Sin embargo, en la novela, ya no parecía tan fascinante. La novela mostraba todo aquello que siempre le había permanecido oculto, la injusticia del sistema de castas, la terrible situación de las mujeres, la crueldad de algunos, la arrogancia de muchos, el egoísmo, la violencia. El panorama que trazaba no era nada idílico.

Iván tiene delante de los ojos, al otro lado del balcón, un paisaje que sí parece idílico. Frente al hotel, cruzando la carretera, hay un conjunto de pinos de copa grande. Luego, un pequeño desnivel, y la playa. El mar. Un mar tranquilo, sin olas, un mar de interior. Sobre la amplia superficie del mar flotan las bateas, como barcos orientales de nombre desconocido, anclados en un tiempo eterno. Enfrente, más allá de ese mar que parece un lago, unos montes suaves, oscuros bajo el cielo gris pálido. La temperatura, veintidós grados. Ni frío ni calor.

–Cuanto antes terminemos de deshacer las maletas, antes podremos salir a dar un paseo –dice Patricia, a sus espaldas.

–No tenemos por qué deshacerlas ahora, tenemos todo el tiempo del mundo –dice Iván.

–¿Cómo quieres que deje todo esto así?

En momentos como ése, cuando Patricia se empeña es ser como es, Iván reprime la tentación de reírse un poco de ella, de tomarle el pelo. Patricia ha pasado por un año terrible. *Annus horribilis,* como dijera la Reina de Inglaterra en una ocasión. Así ha sido el año de Patricia. Primero, la muerte de su madre, a quien estaba muy unida. Luego, el intento de suicidio de su hermano. Finalmente, su propia enfermedad. Una neumonía que la dejó fuera de combate casi un mes entero y de la que salió a duras penas.

Por esa razón, fundamentalmente, se encontraban allí. Por no ir al sur ni a Levante, adonde siempre habían ido y adonde siempre iba la familia de Patricia. Por no tener tan presente ese pasado que ya no se podía prolongar.

—Tú baja si quieres, date una vuelta —dice Pati—. Yo me encargaré de ordenar tus cosas. Llévate el móvil, ya te llamaré cuando esté lista.

Iván lo interpreta así: quiere estar sola. Colocar la ropa en el armario, llevar al cuarto de baño los neceseres, colocar las cremas y colonias en los estantes, hacerse con el espacio, quizá sentarse un momento en la cama o en la butaca, o mirar por la ventana, recapitular un poco, coger fuerzas. ¿Llamará a los hijos? No es probable. Están, los dos, fuera de España. Maribel en Roma, con una beca Erasmus. Jorge en Portugal, en el viaje de fin de curso. Son ellos los que llaman cuando les viene bien. Si se les llama cuando están haciendo algo, no dicen nada —ninguno de los dos– y cuelgan enseguida. Se han vuelto muy despegados. Aunque eso a Patricia parece no importarle. Está viviendo esta etapa de sus hijos con cierto alivio. Sí, Patricia también se ha despegado un poco, no sólo de sus hijos, sino de todo el mundo. Incluso de él, de Iván. Ha sido a causa del *annus horribilis.*

El hotel no está lleno, o no lo parece. Es sábado y una hora confusa de la tarde, justo después de la siesta. Quizá los huéspedes, en este día nublado pero no frío (tampoco cálido), se hayan ido de excursión a algún pueblo vecino. En el vestíbulo, donde también está la cafetería, no hay nadie. Ni siquiera un camarero.

En el mismo momento de salir al aire libre, Iván oye una melodiosa voz femenina a sus espaldas.

–Buenas tardes, señor.

Se vuelve para saludar. Una joven, a quien antes no había visto, probablemente porque no estaba allí, sale de detrás del mostrador y se le acerca, como si quisiera hablarle.

–Acaban de llegar, ¿verdad? –dice, cantarina–. El pronóstico del tiempo es lluvia para mañana y sol a partir del lunes. Así que han tenido suerte, van a tener unos días muy buenos –sonríe–. Me llamo Lady –informa–. Por favor, díganme todo lo que necesiten, queremos que tengan una buena estancia. Éste es un hotel pequeño, casi familiar.

La chica se ha plantado delante de Iván, como

130

impidiéndole el paso hacia el exterior. Extiende algo hacia él, un sobre.

—Le quiero pedir un favor —dice, bajando la voz—. En el cruce con la carretera principal hay un buzón de correos. Si llega hasta allí, ¿podría echar esta carta? Ya tiene los sellos. Si no tenía pensado ir por allí, no se preocupe, es sólo por si le coge de camino.

Iván, que lleva colgada del cuello la cámara de fotos —sin duda, eso es lo que le ha hecho pensar a la chica que iba a dar un paseo—, coge el sobre. No tiene más remedio que hacerlo, puesto que Lady lo ha dejado en sus manos.

El pequeño incidente no le ha parecido del todo normal, pero en cierto modo ha resultado útil, porque le ha indicado una dirección. Cruza la calle, guarda la carta en el bolsillo trasero del pantalón y saca las primeras fotos. Luego, echa a andar hacia la derecha, hacia el cruce con la carretera principal. No parece que vaya a llover. No hay nadie en la playa.

El cruce no está muy lejos. Antes de echar la carta al buzón, pasea la mirada por las palabras escritas. Es una dirección de Ecuador. ¡Qué mágico parece que esa carta pueda, al cabo, llegar a su destino! Es curioso, de todos modos, que la gente se siga comunicando por carta, sobre todo cuando hay grandes distancias de por medio. No es que hubiera pensado mucho en ello, pero sabía de la existencia de los locutorios. Ésa era la forma más normal y fácil de comunicarse desde España con cualquier lugar de América Latina.

Era una carta algo abultada, eso sí. Quizá Lady quería explicar detalladamente una cosa. ¿A quién? Iván no se había fijado en el nombre del destinatario.

Iván se detiene en el pequeño puerto por el que antes pasó de largo. Saca fotos a las barcas de los pescadores, al muelle, a las escaleras de piedra que se hunden en el mar, a la franja de playa sobre la que descansan largos maderos empapados de agua. Son los maderos con los que se hacen las bateas, deduce.

Le viene a la cabeza una conversación reciente con su amigo Rafael Canales, el escritor. En eso consistía la inspiración, había dicho. Algo así. Ver un madero largo en una playa y comprender que es para hacer una batea. Es una lógica que descubres por ti mismo, sin que nadie te guíe. Son pequeños descubrimientos que se hacen todos los días y a los que normalmente no les damos ninguna importancia. Pero el escritor sí, el escritor se los toma muy en serio.

Suena el teléfono móvil. Es Patricia. Ya ha deshecho el equipaje y ha ordenado el cuarto. Está en la terraza acristalada del hotel, dice. Su voz suena muy alegre.

Poco después, los dos están sentados en la terraza del hotel.

—Me ha dicho la camarera que a partir del lunes hará buen tiempo —dice Patricia—. Se llama Lady. Es ecuatoriana.

—Sí —dice Iván—. También me lo ha dicho a mí.

Está a punto de añadir que, además, Lady le entregó una carta y le pidió que la echara en el buzón de correos, cosa que él ya ha hecho, pero, quién sabe por qué, se calla. Por pereza, por no seguir hablando de eso. No viene al caso estar ahora hablando de Lady, como si fuera lo más importante que tuvieran entre manos.

—¿Has sacado alguna foto? —pregunta Pati.

—Varias, sobre todo del puerto.

—Me encanta este lugar —dice Pati.

Había algo nuevo en la voz de Pati, algo que Iván nunca había percibido.

Pasearon, luego, en la otra dirección, hacia el pueblo, y cenaron en un bar que encontraron callejeando.

Fueron días muy apacibles. Iván terminó de leer la novela india. Quedó impresionado por las injusticias que se describían. Todos cometían errores, nadie parecía tener una brújula que indicara dónde estaba el bien. Había pequeñas semillas de maldad esparcidas por todas partes. Eso sí, el paisaje era de una gran belleza. El color de la tierra, la diversidad de los árboles y de los frutos. Casi podía olerse el aroma de las especias, las comidas, los perfumes.

No vieron a Lady en los últimos días. Le preguntaron al dueño por ella.

—Se ha marchado —dijo el dueño—. La verdad es que no me lo esperaba, justo en plena temporada, no lo entiendo, tampoco me ha dicho si tenía otro trabajo. No me ha dado ninguna explicación.

Iván pensó en la carta que había echado al buzón, ¿tendría algo que ver con la súbita despedida de la chica?

Ésa fue la única y remota nube de inquietud de aquellos días. Lo más probable, se dijo Iván, era que la chica hubiera encontrado otro trabajo y, por alguna razón, no se lo había querido decir al dueño. Quizá en la carta se lo comunicaba a la familia que había dejado en Ecuador. A lo mejor en ella había escrito su futura dirección.

Era la última tarde de las vacaciones. Estaban, como solían a esa hora, sentados en la terraza del hotel.

—Esa chica, Lady —dijo Pati—. Me parece raro que se haya ido de esta forma. Era muy amable. Me caía muy bien, tenía una voz muy dulce. Es curioso lo que nos dijo el dueño, ¿no? Que se ha despedido sin más, sin dar explicaciones.

—Sus razones tendrá —dijo Iván.

—Sin embargo, me inspira curiosidad —comentó Pati—. Me habría gustado hablar más con ella. Una vez tuve la corazonada de que iba a contarme algo. La vi venir por el pasillo y aflojé el paso, porque venía derecha hacia mí, parecía que nos íbamos a chocar, pero no me aparté porque, a la vez, estaba segura de que iba a detenerse. Fue un momento extraño. La cosa fue que ella se detuvo y me miró, pero al final no me dijo nada. A lo mejor puse cara de susto, sin querer, claro. Algo hizo que me asustara, no sé qué. A veces pasan cosas así. Sentimos que hay algo que pudo ser de otra forma y nos gustaría retroceder, corregir el error. Y ya ves, la chica se ha marchado. Había algo misterioso en ella.

Los ojos de Pati miraban a lo lejos, soñadores. El pequeño misterio de Lady no le causaba incomodidad, incluso parecía gustarle.

De regreso en Madrid, todo fue encajando, como piezas que de pronto encuentran su sitio de forma natural. Patricia había dejado atrás el *annus horribilis*. Iván se lo comentó a su amigo Rafael Canales, el escritor.

—Sí —dijo Rafael—, a veces las cosas se resuelven solas. A veces, me empeño en buscar las claves de los cambios, pero casi siempre me pierdo, cuando no me meto en terrenos pantanosos de los que no saco nada.

—Pero crees que hay claves, ¿no? —preguntó Iván—. Crees que detrás de cada cambio hay una causa...

—No lo sé. Buscamos causas porque las causas nos tranquilizan. Creemos que si damos con ellas, controlamos la situación. Pero no es así. Hay miles de detalles que se nos escapan.

Iván se quedó pensando en las palabras de su amigo. Pudiera ser que Pati le ocultara algo, aunque quizá no de forma consciente. El hecho era que la mirada de Pati no había perdido esa luz de ensoñación que Iván había descubierto en ella durante las vacaciones.

Pati le consultó a Iván si podía traerse a casa un cachorrillo del que le había hablado la asistenta. Su marido y ella se lo habían encontrado por la calle, lo habían llevado al veterinario y lo habían cuidado durante un mes, pero el marido de la asistenta tenía ahora trabajo y no querían dejar al cachorro solo en casa. Sacarlo a pasear dos o tres veces al día también era un problema, porque los dos llegaban tarde y muy cansados.

—Creo que ha llegado la hora de tener un perro —dijo Pati—. Quiero un perro que me haga compañía y que me siga a todas partes.

Con la presencia de Boss, el cachorro, en la casa, todo cambió. Boss era un cachorro de golden retriever, no del todo puro. Deslavazado, torpón, supo de inmediato que Pati era su ama. Aunque no era ella quien lo sacaba a pasear —Maribel, Jorge y el propio Iván eran quienes lo hacían—, sí se encargaba de darle de comer y le inculcó, al parecer sin esfuerzo alguno, dos o tres reglas que facilitaran la convivencia. Cuándo sentarse, cuándo dejar de ladrar, cuándo dejar en paz a alguien. Esto último era lo más difícil. Pero en términos generales podía decirse que Boss obedecía a Pati. Y, tal como ella había deseado, la seguía a todas partes.

Boss conocía perfectamente el horario de trabajo de su ama. Cuando salía de casa, hacia las ocho y media de la mañana, la acompañaba a la puerta y se la quedaba mirando con una intensa expresión de soledad que de ningún modo inquietaba a Pati. Todo lo contrario. Se diría que eso la halagaba. Al regresar, allí estaba Boss, apoyado en sus cuatro patas y moviendo el rabo como loco, luchando consigo mismo para no encaramarse sobre su ama, que se lo tenía prohibido, porque era un perro grande y le podía hacer daño.

No se sabía la edad que tenía. El veterinario dijo que alrededor de un año. Probablemente, había sido comprado en un criadero y, por la razón que fuere, los dueños, al cabo de unos meses, no habían podido ocuparse de él. Pati era su tercera dueña. Al resto de la familia, Boss les miraba con lejanía. A Iván incluso le gruñía un poco, porque cuando Pati se retiraba al dormitorio antes que Iván y cerraba la puerta, Boss se apostaba allí, delante de la puerta, literalmente pegado a ella. Iván tenía que apartarlo un poco o sortearlo para entrar. En ese momento, Boss gruñía, ya fuera porque se estaban contraviniendo sus normas de guardián, cuya función era, obviamente, no dejar pasar a nadie, o porque sufría un repentino y, por fortuna fugaz, ataque de celos, ya que Iván podía entrar en el dormitorio de su dueña y él no.

Pero todas las singularidades de Boss, incluida ésta, que a Iván le irritaba un poco, eran consideradas con toda benignidad por su dueña. Sonreía beatíficamente cuando uno de los miembros de la familia le recriminaba su excesiva permisividad con Boss. Como señora de la casa y madre de familia, Pati no era, ni mucho menos, una mujer permisiva. Durante años se lo habían dicho, tanto sus hijos como su marido: era demasiado rígida, se tomaba como agravios personales e imperdonables las debilidades y fallos de ellos, el desorden, el despiste... Su actitud respecto de Boss —incluso la mera idea de tener un perro en la casa— habría sido inconcebible en otra época.

Boss entró a formar parte de la familia en octubre. Para Navidad, ya todos se habían acostumbrado a él. Cuando no estaba Pati en casa, deambulaba sin rumbo, medio perdido. Cuando sonaba el timbre de la puerta o del teléfono, lanzaba unos ladridos de alarma que duraban más de la cuenta. No se resignaba con facilidad a que al sonido de los timbres no le siguiera la inmediata aparición del ama.

En Navidad, Pati tuvo la idea de invitar a sus compañeras de trabajo a merendar. Una reunión de mujeres solas.

—Lo cierto es —le dijo a Iván— que mis compañeras son muy amables y nunca les he correspondido. Han sido muy atentas conmigo. Fueron, todas, a la misa que se celebró después de la muerte de mamá.

Maribel y Jorge hicieron su vida de siempre. Cuando estaban en casa, se encerraban en sus respectivos cuartos.

138

Boss, que se mostró agitado (y ladró) al principio, se fue calmando, quizá superado por las voces agudas y los gritos de las mujeres que fueron llenando la casa. Traían regalos para repartirse entre ellas.

—Parece que lo habéis pasado en grande —dijo luego Iván.

Pati nunca había tenido muchas amigas. Se había sentido tan ligada a su madre que probablemente no había necesitado más. Gracias a la ayuda de su madre, Pati nunca había dejado de trabajar, había ido ascendiendo en su carrera de funcionaria y había llegado al máximo nivel que podía alcanzarse en el caso de que no se quisiera hacer carrera política. Le habían llegado a proponer, en más de una ocasión, un ascenso que suponía ya cierto compromiso político, pero Pati siempre lo había rechazado.

Iván la comprendía. Por su parte, él se sentía un discrepante nato. Tampoco él había querido prosperar demasiado en la empresa en la que trabajaba de asesor técnico. También a él le habían ofrecido (aunque de un modo un tanto confuso) puestos de mayor responsabilidad y mayor salario, pero había optado por mantener su cómodo estatus. No pertenecía a la nómina de la empresa. Trabajaba por cuenta propia. ¿Quién era él para aconsejar a su mujer que no rehusara subir de categoría? Pero, en su fuero interno, el hipotético ascenso de Pati le habría parecido bien, puesto que los funcionarios nunca dejan de ser funcionarios, da igual quién los gobierne, ellos salen siempre indemnes de las turbulencias políticas, y un dinero extra, dure lo que dure, nunca viene mal. Pero jamás le dijo nada a Pati.

Pati parecía estar convencida de que Iván era casi indiferente a los bienes materiales. La madre de Pati en ocasiones clavaba los ojos en Iván como si quisiera saber si tenía méritos suficientes para estar casado con su hija. Pati sabía lo que su madre pensaba de Iván: era un vago en potencia. Quizá por eso, por no malacostumbrar a Iván, la madre de Pati nunca animó a su hija a que prosperase en su carrera. Que trabajara le parecía bien, pero no más de la cuenta. No era ella la encargada de sacar a la familia adelante.

Ahora estaban entrando las amigas en la vida de Pati, y lo hacían no despacio ni por turno, sino en tropel, como empujándose unas a otras. Raro era el día de la semana en que Pati no estaba ocupada. Los lunes por la tarde, acudía con Laura a un centro de acogida donde realizaban cierta labor educativa, los martes salía con Eugenia a visitar museos y salas de exposiciones, los miércoles acudía a clases de baile con Vega, los jueves asistía a un club de lectura con Magdalena y los viernes iba a un concierto con Estefanía. La mayor parte de las amigas de Pati eran compañeras de trabajo, aunque unas habían traído a otras, y Laura y Estefanía, por ejemplo, no eran funcionarias ni trabajaban fuera de sus casas. La primera era ama de casa, y a la segunda, soltera de clase acomodada, nunca se le había ocurrido dar, como vulgarmente se dice, un palo al agua. Dos mujeres muy distintas con quienes Pati parecía congeniar de forma especial, como si cada una de ellas correspondiera a una faceta de su personalidad. Cierta tendencia a atender a las necesidades de los otros, por una parte, y un deseo de disfrutar de las cosas agradables de la vida, por otra.

El club de lectura se reunía en una librería en la que servían cafés, copas e incluso algo de picar, y algunas veces Pati llamaba diciendo que se iba a retrasar un poco, que no la esperaran para cenar, que ya tomaría algo en la librería. Así que hoy tocaba club de lectura, se dijo Iván.

Pati no hablaba mucho de los libros que leía, aunque siempre andaban muchos por ahí, sobre las mesas. Autores jóvenes de todas partes del mundo, como si el club se dedicara a investigar qué era lo que interesaba a los más recientes escritores, y cuanto más lejanos y desconocidos fueran los países en los que habían nacido o vivían, mejor. A Iván no le sonaban de nada aquellos nombres, y tampoco era fácil obtener una opinión de Pati. «Interesante», eso era todo lo que decía.

Podía suceder que, quién sabe por qué razones, se cambiara el plan de un día por el de otro. Un concierto podía celebrarse un martes, por ejemplo, por lo que el plan de los museos pasaba al viernes. O el club de lectura, por la razón que fuere, se desplazaba a un sábado por la mañana. Todo estaba fijado y nada estaba fijado, ya que, si no todas, muchas de las mujeres que componían los diferentes grupos eran las mismas. Pati se pasaba el día enviando y recibiendo mensajes desde su teléfono móvil. Confirmando actividades, cambiándolas, anulándolas, convocando a otras nuevas.

Ésa era la parte que a Iván le irritaba un poco. Pati era, en ese punto, igual que sus hijos, cuyas cabezas siempre estaban inclinadas sobre la pequeña pantalla del teléfono móvil. Iván levantaba la mirada y veía a todos los miembros de su familia sumidos en los oscuros y aparentemente pequeños pero abismales y desconocidos mundos que sostenían sus manos.

Iván sólo conocía (o reconocía) a dos de las amigas de Pati. Precisamente, las que no eran compañeras de trabajo y se habían incorporado al grupo a través de otras. Laura y Estefanía. El ama de casa y la soltera desocupada. Algunas veces iban a su casa. No juntas, sino por separado. Eran visitas casuales, imprevistas. Ligeros adelantos de una cita. Tiempo sobrante antes de un concierto o a causa de la cancelación repentina de una actividad.

Durante un tiempo, Iván pensó que Estefanía era el ama de casa. Más entrada en carnes, de rasgos suaves e indefinidos y aspecto descuidado, un poco desmadejada, encajaba bien en el prototipo de ama de casa afable y algo sobrepasada. La otra, a quien Iván llamaba Laura, andaba en cambio siempre muy erguida y lo miraba todo desde arriba, bien arropada por una melena perfecta y envuelta en intenso perfume.

Le asombró descubrir que era al revés. Laura, tan perfecta y segura de sí misma, era el ama de casa. Estefanía, la soltera indolente. Algunas veces, era Iván quien les abría la puerta de la casa. Laura apenas le miraba, como si no le viera o no le interesara en absoluto, pero Estefanía le sonreía abiertamente y siempre hacía algún comentario sobre el tiempo o cosas así, si llovía, si hacía frío, si los paraguas eran incómodos de llevar y siempre se perdían, como los guantes o las gafas de sol.

Era media tarde. Pati había recibido la visita de Estefanía. Iván entró en el cuarto de estar y dijo que bajaba un momento a la farmacia.

–Compra tiritas, por favor –dijo Pati–. Textiles –puntualizó.

–¿Textiles?

–Sí, las hay de plástico y de tela. Tú di «textiles», las llaman así.

Estefanía sonreía, como si ese detalle fuera divertido.

Ya en la calle, Iván no se dirigió directamente a la farmacia. Se había quedado muy buena tarde después de la lluvia. Un aroma fresco, primaveral, se extendía por el aire. Se encaminó hacia el parque y paseó un rato por la tierra humedecida de los senderos. La lluvia había sido ligera y no habían llegado a formarse charcos. Se tomó un café en el kiosco, de pie. Oscurecía cuando entró en la farmacia.

Sonó una voz a sus espaldas:

—No te olvides de las tiritas. Textiles.

Se volvió. Era Estefanía.

Así empezó todo. La aventura extramatrimonial más larga que Iván había tenido nunca.

Resultaba más sencillo engañar a Pati que a Maribel y a Jorge. Como Pati tenía tantas actividades, no llevaba la cuenta de las entradas y salidas de Iván, ni le preguntaba por qué llegaba tarde del trabajo o qué tenía que hacer en Sevilla o en Lisboa. A Iván le producía cierto asombro lo fácil que resultaba ocultar a Pati su otra vida —porque ya empezaba a ser eso, otra vida—, pero tenía la impresión de que sus hijos sospechaban algo. Le miraban con un extraño brillo en los ojos, una mezcla de complicidad y censura. En todo caso, desde arriba. Como si dijeran: «Vamos, papá, lo estás haciendo fatal. Cuanto más te esfuerzas por disimular, más se te nota.»

Su amigo Rafael Canales, el escritor, le comentó a Iván que era precisamente en ese punto, en el inicio de la curva de la madurez, cuando se desarrollaban historias así, intensas, pasionales. El último tren de la vida. La nostalgia de lo perdido. El silbido melancólico del tren en la estación. Las despedidas. Los amores que no se tuvieron.

Iván a veces se imaginaba viviendo con Estefanía, siendo un hombre completamente distinto.

Estefanía se tomaba el asunto con mucha calma. No tenía un marido a quien ocultar nada. Su relación con Iván encajaba en su vida con asombrosa suavidad. Seguía yendo con Pati a los conciertos de los viernes o de un martes o un sábado por la mañana, seguía apareciendo de pronto en la casa, sin que Iván lo supiera, porque enviaba recados a Pati a través del teléfono móvil. Su vida no había sufrido cambios aparentes.

—Me parece que me estoy enamorando de ti —le dijo Iván una vez.

Estefanía sonrió, le pasó la mano por la cabeza, alborotándole el pelo.

—¿No dices nada? —insistió Iván.

—¿Qué quieres que diga? Eres un hombre casado, Pati es amiga mía. No hay por qué hacer daño a nadie.

—¿Y yo?, ¿no puedo necesitar algo más?

Estefanía se llevó un dedo a los labios. Silencio.

Llegó el verano y Estefanía se fue de viaje.

Habían pasado dos años desde el verano del penoso *annus horribilis*. Maribel y Jorge tenían sus propios planes. Pati quería ir a la pequeña casa de la sierra que había pertenecido a su madre y sobre la que todavía no había tomado ninguna decisión.

—Tenemos que ver en qué condiciones se encuentra —dijo—. Ya es hora de que me enfrente con eso. Si no lo hago yo, nadie lo hará.

El padre de Pati ya no quería desplazarse. El cuerpo le fallaba, se sentía inseguro fuera de casa. Y la casa de la sierra no tenía todas las comodidades. Por descontado, Martín, el hermano, se había desentendido. Nunca le había gustado esa casa, capricho de su madre, quien, sin embargo, siempre había alegado que la había comprado por él, para que respirara aire puro los fines de semana.

Aunque siempre la habían llamado «la casa de la sierra», el nombre no era exacto. La casa no se encontraba en una sierra, sino en un valle. El entorno era apacible, había caminos que invitaban al paseo y sotos con riachuelos donde descansar un rato a la sombra. La casa, de piedra, era de estructura muy simple y tenía pocos muebles.

Había muchas cosas que hacer, muchos arreglos pendientes. Los primeros días Iván y Pati se dedicaron a llamar a los operarios correspondientes, a hacer presupuestos, a vigilar las obras. Durante el día, el sol abrasaba, aunque a la sombra siempre corría algo de aire, y los atardeceres eran cálidos. Sacaron una mesa al exterior, la colocaron bajo los árboles, cenaban siempre allí.

Una tarde, mientras Iván leía una novela de espías que daba innumerables vueltas de tuerca y en la que ya se sentía completamente perdido, pero sin desear, en realidad, llegar al final, siempre decepcionante, se sorprendió pensando en Estefanía como en alguien irreal, casi inexistente. Se imaginó viviendo allí, en

146

ese pueblo (más un conjunto de casas que un verdadero pueblo), durante todo el año. Aún no, pero quizá en el futuro. Cuando los hijos se fueran de casa.

No hacer nada siempre le había gustado, no tener compromisos, ver a poca gente, no porque fueran amigos sino porque, como él, vivían allí o pasaban por allí. Deambular, vagar, eso siempre se le había dado bien. No se aburría. Paseaba, leía el periódico y novelas de espías o de crímenes, intercambiaba, por la calle o en un bar, unas frases con algún vecino, sentía la presencia de Pati a su lado o en otro lado de la casa, hablaba por teléfono con sus hijos. Esa vida simple, sin complicaciones, era la que le gustaba llevar.

Estaba anocheciendo. Iván cerró el libro. No se veía bien. Habría que encender la luz, pero la luz atraía a los mosquitos, por lo que era aconsejable rociarse con una buena dosis de loción repelente. Había caído la noche de golpe, como en el trópico. Echó una ojeada a su reloj. Faltaban unos minutos para las diez. La tarde había pasado volando. Ni siquiera se acordaba de a qué hora se había ido Pati o adónde. Tampoco estaba seguro de que se hubiera ido. Del interior de la casa no llegaba ningún ruido.

Iván se levantó y entró en la casa.

–¡Pati! –gritó.

Aunque no obtuvo respuesta, fue al dormitorio, no fuera a ser que se hubiera quedado dormida. Algo extraño a esas horas. Empujó la puerta del dormito-

147

rio con cierta aprensión. Por un lado, temía encontrar a Pati tendida en la cama, eso no encajaba en las rutinas de Pati. Por otro, era mejor que estuviera allí, porque resultaba demasiado raro que Pati no estuviese en casa a las diez de la noche. No había nada que hacer en el pueblo, ni ella ni él tenían amigos con quienes quedar a tomar algo. El teléfono móvil no había sonado en toda la tarde. Iván lo comprobó: nada, ni llamadas ni mensajes. Raro, pero no del todo inquietante, no eran más que las diez de la noche.

Desde luego, podía llamar al móvil de Pati. Sin embargo, no lo hizo. Esperaría un poco.

¿Y Boss?, ¿dónde estaba Boss? Iván no le había echado de menos, puesto que siempre se encontraba junto a Pati. La ausencia de Boss, unida a la de Pati, le daba al asunto cierto aire tranquilizador. Animal y ama estaban juntos de paseo.

Iván se preparó algo de cenar, se roció con la loción antimosquitos y salió al jardín con un café y la inacabable e intrincada novela de espías. Se propuso no volver a mirar el reloj hasta que acabara la novela. Ése era el límite, se había dicho. Si, al finalizar el libro, Pati no había regresado, la llamaría.

Eran las dos de la madrugada. Iván se sintió sacudido de la cabeza a los pies. Eso ya no era un retraso, sino una anormalidad. Llamó al teléfono móvil de Pati. Escuchó: «El teléfono móvil al que llama está apagado o fuera de cobertura.» Lo sabía, sí. Estaba seguro de que alguna vez iba a suceder algo así.

Se quedó paralizado, inmerso en la perplejidad. ¿A qué teléfono había que llamar? Cuando, tras varias llamadas a centralitas, consiguió conectar con la comisaría más cercana, una voz de hombre, a quien le comunicó torpemente la desaparición de Pati, le recomendó calma. No tenían noticias de ningún atestado por la zona. Le pidieron los datos, una larguísima serie de datos que desconcertó a Iván, porque ignoraba la respuesta de algunas de las preguntas que le hicieron.

—No importa —decía la voz, y seguía preguntando.

Luego dijo:

—¿Hay algo más que considere interesante destacar?

Iván habló de Boss, el perro de Pati. También había desaparecido.

El hombre no hizo ningún comentario.

Al cabo de un par de horas, la policía —ese mismo hombre de voz seca— llamó a Iván y le dijo que no tenían ninguna pista. Eso era, comentó, una buena noticia, porque de lo malo se entera uno enseguida. Los listados de los accidentes o emergencias hospitalarias no incluían el nombre de Patricia ni de ninguna otra persona de ese u otros pueblos de la zona. La desaparición, dijo, podía ser voluntaria. Podía no tratarse de una desaparición, aún no habían transcurrido las horas reglamentarias para calificarlo así. Dentro de una hora más o menos, amanecería. Quizá Patricia volviera a casa en el transcurso de la mañana. O llamara por teléfono. En la mayor parte de

149

los casos, esas desapariciones son breves y siempre concluyen felizmente, con una explicación satisfactoria. No había antecedentes. Patricia parecía una persona perfectamente normal, estable.

El policía no conocía el caso de Martín, el hermano de Pati, que no era estable en absoluto. No le había hecho esta pregunta: ¿Casos de suicidio o intento de suicidio en la familia?

A Iván le invadió una certeza: Pati no volvería jamás. Hay personas que desaparecen sin más, sin dejar el menor rastro, sin dar explicaciones a nadie. Rompen con su vida anterior e inician una vida bajo otro nombre, en otro país y junto a una persona que no tiene nada que ver con su pasado. Mueren y resucitan. Pati era una de ellas. Una mujer indescifrable.

Pero el policía no se había equivocado. Pati no apareció en casa por la mañana, pero llamó por teléfono. Estaba en Madrid, en casa, con Maribel y Jorge. No había ido a Madrid porque a ellos les hubiera pasado algo. Simplemente, Pati estaba allí.

–Voy a quedarme unos días –dijo.

–Pero ¿por qué no me avisaste? Tenías el móvil apagado. Llamé a la policía.

Pati suspiró.

–¿Tú crees que es normal comportarse así? –dijo Iván–. No entiendo nada.

–Tienes derecho a estar enfadado –dijo Pati–. Pero ahora no me encuentro en condiciones de hablar contigo. Lo siento. Sólo quería que no te preocuparas, estoy bien, todos estamos bien.

—Pero habrá algo más, una razón, las personas no hacen esta clase de cosas sin más ni más. Tienes que decirme por qué te fuiste, ¡no lo entiendo! —exclamó acaloradamente.

—Ahora no, Iván —dijo Pati con una voz extraordinariamente calmada—. Hablaremos más tarde, necesito unos días.

—¡Unos días! He pasado la noche en vilo y no me dices más que eso, que tengo que esperar, ¿qué es lo que pasa?, ¿es que te has vuelto loca?

—No, creo que no. Lo siento. Te dejo. Te volveré a llamar.

El teléfono volvió a sonar. Era el policía, el hombre de la voz seca. Le dijo a Iván lo que él ya sabía, que Patricia estaba en su casa de Madrid, con sus hijos.

—Ya se lo dije —comentó—. En la mayoría de los casos, estas desapariciones son breves. Pero lo cierto es que hizo bien en llamarnos. Nunca se sabe, y las primeras horas son básicas para conseguir resultados en una investigación.

A Iván le dio la impresión de que el policía intentaba consolarle, como si supiera más de lo que decía. En todo caso, se sentía un poco ridículo. Ante el policía y ante sí mismo. ¿Qué hacía él allí, en ese pueblo perdido, en una casa que no era suya sino de la mujer con quien estaba casado y con quien tenía dos hijos que se encontraban en el filo entre la adolescencia y la juventud? Su mujer se había ido a Madrid sin avisar y sin ofrecer, una vez que había dado señales de vida, ninguna explicación, ése era el caso. Iría a Madrid, por supuesto, la obligaría a hablar. No iba a quedarse esperando a que a ella se le ocurriera dar nuevas señales de vida.

Empezó a recoger sus cosas. Saldría inmediatamente. Se presentaría en casa y hablaría con Pati, lo quisiera o no. ¿Quién era ella para decidir cuándo tenían que hablar? Si no quería hablar, que no hablara, pero él iría. Daba la casualidad de que el piso de Madrid era de los dos. Si Pati quería soledad, que se fuera a otra parte.

Curiosamente, tenía hambre. Comió y bebió con avidez. Luego se quedó profundamente dormido. Cuando se despertó, empezaba a anochecer. Intentó incorporarse, pero sentía un gran peso en la cabeza. Le recorrió un escalofrío. Después, se puso a tiritar. Tenía fiebre. Treinta y nueve y medio.

Debía de haber cogido frío la noche anterior, leyendo en el jardín. Lo había pensado mientras leía —levantarse y ponerse un jersey—, pero tampoco hacía frío de verdad y no podía interrumpir la lectura.

Fueron dos días de fiebre alta, de tener el cuerpo dolorido, de no poder sostener la cabeza. Llamó a sus hijos cuando empezó a mejorar. Preguntó por Pati. Sí, estaba con ellos, le dijo Maribel, aunque en ese momento no se encontraba en casa.

–¿Estáis todos bien? –preguntó varias veces.

–El único que, al parecer, está mal eres tú, papá –dijo Maribel.

Maribel no habría dicho algo así de existir algún problema, se dijo Iván. Tampoco había sido una frase agresiva o despectiva. Era el tono de Maribel.

Iván se quedó en el pueblo un par de días más. Restablecido y hasta cierto punto tranquilo, regresó a Madrid. Antes, volvió a hablar con Pati. Seguía distante, hermética.

Llegó al piso de Madrid a media mañana. Todos estaban en casa, cada uno en su cuarto. Maribel y Jorge sentados frente a sus respectivos ordenadores. Le saludaron como si no hubiera sucedido nada fuera de lo normal. Pati, sentada en su butaca del dormitorio, junto a la ventana, cosiendo. Boss estaba a sus pies. Resultaba un poco extraño que Pati estuviera ahí. Cuando cosía, cosa que hacía con cierta frecuencia –prender un botón en una camisa, subir un dobladillo...–, solía instalarse en uno de los sillones del cuarto de estar. De hecho, se dijo Iván, nunca la había visto sentada en la butaca del dormitorio. Era una butaca que Pati utilizaba para dejar la ropa cuando se desvestía. Casi siempre había algo allí, una chaqueta de punto, un chal, un pañuelo de seda.

Pati levantó los ojos de la tela, pero no dijo nada. Su mirada apenas rozó a Iván.

–¿Estás bien? –preguntó él.

–¿Y tú? –susurró Pati.

—Fue una gripe, un resfriado de verano, algo así, pero ya estoy mucho mejor.

No sonrió, pero estuvo a punto de hacerlo. En todo caso, Pati ya no le miraba, sus ojos habían vuelto a la costura, como si se tratara de una labor importante. No iban a hablar ahora, eso estaba claro.

Boss gruñó, miró a Iván y volvió a posar la cabeza junto a los pies de Pati.

Iván salió al pasillo. Se detuvo antes de atravesar la franja de aire que iluminaba el sol. La puerta del pequeño cuarto de los armarios se encontraba abierta y el sol entraba por la ventana. Se detuvo instintivamente, no porque la franja de aire iluminada, en la que flotaban minúsculas partículas de polvo, fuera una barrera, sino porque sí, para contemplarla. Surgió dentro de su cabeza la imagen de una película cuyo título no recordaba pero que trataba de un hombre que había desertado de una guerra y regresaba a su hogar, o regresaba porque la guerra había finalizado. El hombre recorría cientos, miles de kilómetros, estepas heladas, bosques, atravesaba ríos caudalosos, desiertos, soportaba espantosas tormentas y era abrasado por un sol implacable, pero llegaba al fin a su casa, su granja, donde su mujer, milagrosamente, había sobrevivido a las penurias de una economía de guerra y a los asedios de animales hambrientos. Llegaba extenuado, herido, enfermo, harapiento, pero llegaba y era bienvenido. Atrás quedaba la tierra remota y extraña donde había estado quién sabe cuánto tiempo.

A unos pasos, a uno y otro lado del pasillo, estaban Pati, Maribel y Jorge, los tres entregados a una tarea en la que concentraban toda su atención. Él miraba el polvo que se movía en el aire. ¿Hacia dónde se dirigía?

El hombre de la película, cuando había iniciado el viaje de regreso a casa, había pensado mucho en su mujer. Tenía la cabeza llena de escenas donde aparecía ella, radiante, bellísima, con su dulce sonrisa amorosa, pero poco a poco la imagen de su mujer se fue desvaneciendo. Las batallas que tenía que librar diariamente con la naturaleza fueron arrinconando esas visiones. Caminaba maquinalmente hacia ella, hacia su tierra, más bien. A ella ya no la recordaba.

Cuando llegó a casa, una sombra –probablemente la de su mujer, pero eso no importaba ya– se hizo cargo de él. Lo acostó en una cama, curó sus heridas, lo cuidó.

Al filo de la adolescencia, Iván había regresado una tarde del colegio antes de la hora. Tenía mucha fiebre. Mientras se encaminaba hacia su cuarto, se sintió, solo por estar allí, un ser privilegiado. Escuchó voces, vislumbró sombras. Era un día de invierno. Puede, incluso, que nevara. Pero en casa hacía calor, no un calor sofocante, sino suave, envolvente.

Por unos instantes, el pasillo en el que ahora se encontraba fue el mismo que había recorrido en su infancia. Sus compañeros aún estaban en el colegio, en el aula, frente a sus pupitres de madera gastada y manchada de tinta. Él había escapado de allí. Estaba en el pasillo y aún no había llegado a su cuarto. Se escuchaban voces que parecían provenir de muy lejos. No recordaba ningún detalle del trayecto del colegio a su casa, no sabía si lo había hecho solo o con alguien —su madre, probablemente— que lo había ido a buscar. Todo eso se había borrado, había desaparecido por completo, y no importaba, como no importaba lo que sucediera un segundo después.

BARRO

Desde pequeña le había gustado modelar, hacer figuritas con cualquier cosa, barro, arcilla húmeda, lo que fuera. Será escultora, oía decir muchas veces a su alrededor. A nadie le parecía mal.

Sonia no entendía a las demás niñas, ¿en qué empleaban, en realidad, su tiempo?, ¿qué les interesaba? Vagaban como almas en pena, sin saberlo. No parecían tristes, pero alguna vez se darían cuenta: si no se tiene un destino la vida es muy aburrida. Todo sucede sin ton ni son. Colegio, vacaciones, amigas, fiestas de cumpleaños, familia, primas, primos, un desfile de personas, de cosas, de frases que no dejan huella. La vida flota, el mundo flota. Pero hundes tus manos en el barro y te salvas. Impregnas tus manos de arcilla y dejas de pensar, sales de la abstracción.

Sospechaba que estos pensamientos era mejor guardárselos para sí. Quizá fueran cosas que no se podían decir, cosas que se piensan y se dejan de lado en el momento de pensarse. Del mismo modo que hay un cuarto oscuro al final de un pasillo que nadie se atreve a recorrer, o se entrevé una sombra al doblar una esquina cuando en la calle se ha hecho de noche, existe el acecho de un vacío en el interior de las personas. Mejor no nombrarlo. Podría ser, además, que no todo el mundo lo percibiera, que ella fuera una de las pocas personas dotadas de esas visiones o premoniciones. Su habilidad para modelar, para convertir un pedazo de barro en una figurita expresiva no era algo tan corriente. Quizá había más cosas que la separaban de los otros, que la singularizaban. Una percepción distinta del mundo.

Sonia creció con esa sensación. Se consideraba distinta. ¿Superior? No exactamente, pero sí dueña de algo. Había recibido un don. Todavía no sabía qué debía hacer con él, pero le gustaba tenerlo, se lo agradecía a Dios (¿a quién, si no?), y en cierto modo confiaba en que todo se iría aclarando, que quien le había hecho aquel regalo acabaría por revelarle su profundo significado. De momento, le servía. Sus dedos impregnados de arcilla le proporcionaban seguridad. Se apoyaba en ellos. Ella era lo que ellos eran. Ágiles, delgados, con la huella de los colores impresa en la piel. A la vista de todos, pero sólo suyos. Sus manos rozaban las cosas, las cogían, las sostenían, se enlazaban, en los juegos, con otras manos, o empujaban otros cuerpos, o se ponían debajo del grifo para ser acariciadas por el agua, se frotaban con jabón que, al fin, borraba los restos del tinte que se habían resistido a desaparecer. Eran unas manos que parecían confundirse con el mundo. Sin embargo, nunca dejaban de ser suyas, y ella no estaba del todo en el mundo.

Algunas veces, pensaba en el futuro. Sonia no pensaba casarse. ¿Tener hijos y ocuparse de la casa? Eso era condenarse a una vida sin un centro, sin un anclaje, ir de aquí para allá, como apagando fuegos. Compadecía a su madre. No podía decirle lo mucho que la compadecía, ¿no se daba cuenta de lo privilegiado que era el hombre de la casa, de la que salía todos los días con una misión que hacer y a la que regresaba a la caída de la tarde envuelto en un halo casi heroico? En la oficina donde trabajaba le llamaban «don Fermín». Se le consideraba una autoridad.

Sonia sospechaba que su madre se daba cuenta y que se sentía desconcertada e impotente. Tenía que ser así. Su madre no era tonta. De hecho, a Sonia le parecía más inteligente que su padre, que, sin embargo, tenía fama de listo. Sólo que la inteligencia de su madre no se manifestaba de una forma concreta. Era capacidad de comprensión, que se expresaba más en los gestos que en las palabras. Las tres hermanas de Sonia —una, mayor, las otras dos, menores que ella— también parecían notarlo. La llamaban «el hada». Habían acertado. La inteligencia de su madre tenía un aire mágico.

Ella no se casaría, desde luego que no. Sería escultora, como vaticinaban todos. Si las demás, sus hermanas, sus amigas, cualquier chica sobre la tierra, querían casarse y llevar luego esas vidas flotantes, allá ellas.

Constanza, la hermana mayor, se afilió a un partido feminista. Ya tiene una causa, se dijo Sonia para sí. De hecho, se fue de casa. Vivía en un piso de un barrio obrero, en las afueras, con varias amigas, militantes feministas ellas también. Eso causó cierto escándalo en la familia. Las chicas no solían dejar la casa familiar hasta que contraían matrimonio. «La casada, casa quiere» era un refrán que se aplicaba de forma literal. Las solteras se quedaban en casa. Unas —las que no habían cursado estudios superiores, que eran la mayoría— ayudaban en las tareas domésticas y se convertían, a la larga, en el bastión silencioso y activo, muy laborioso y esforzado, de la familia. Otras no hacían absolutamente nada. Se convertían en unas perfectas inútiles. A algunas, se las mimaba. A otras, se las ignoraba. A veces, eran objeto de burla. Pero una mujer soltera viviendo por su cuenta era casi impensable. Lo curioso es que todo eso cambiara tan bruscamente, con tanta rapidez. ¡Cuántas categorías se resquebrajaron en unos pocos años! Quizá se mantuvo, pese a todo, cierta prevención hacia las mujeres solitarias e independientes, quizá había cosas que no se transformaban con tanta facilidad.

Eso pensaba Sonia, aunque no fuera una feminista militante como su hermana Constanza. A Sonia le incomodaban las generalizaciones. Nunca había un grupo en el que ella pudiera encajar sin renunciar a partes importantes de ella misma. Cuando Constanza hablaba del avance de las mujeres, ella se preguntaba a qué mujeres se refería, ¿a las que vivían con otras?, ¿a las que no se casaban?, ¿a las mujeres antifranquistas?, ¿a las que sólo hablaban de la lucha de las mujeres, equiparándola a la lucha del proletariado?

Las hermanas pequeñas, Fátima y Cristina, aún iban al colegio. Sonia se había matriculado en Bellas Artes. Constanza estudiaba Farmacia y trabajaba en un laboratorio. Apenas la veían. La madre estaba enferma. Iba al médico, tomaba fármacos, pasaba mucho tiempo en casa, sentada en la butaca de flores, echada en la cama. El padre, Fermín, la acompañaba al médico. A la salida del trabajo, pasaba por la farmacia y compraba las medicinas.

Fue en esa época cuando Sonia conoció más a su madre. Salía del dormitorio que siempre había compartido con Constanza y que había transformado en una especie de estudio, y percibía la presencia de su madre en la casa. Si estaba en el cuarto de estar, se sentaba a su lado, hablaban, veían la televisión. A veces, salían a la calle. Daban un paseo, hacían recados. Su madre le preguntaba cosas sobre la universidad, sobre sus amigos, cómo se llamaban, cómo eran sus familias, por qué estudiaban Bellas Artes, qué harían en el futuro, cuando terminaran la carrera.

Parecía preocuparle mucho más el futuro de esos desconocidos que el de su hija.

Se detenían ante un escaparate. A la madre le gustaba mucho la ropa. Siempre veía algo que le interesaba, se quedaba pensando en ello y normalmente, al cabo de unos días, se lo acababa comprando. Sonia miraba el reflejo de sus figuras en el cristal. La figura menuda de su madre, envuelta en el abrigo beige, los zapatos marrones de medio tacón, su mano enguantada apoyada en el brazo de Sonia, la mirada fija en un jersey, una falda o un pañuelo. Su madre, frágil y aferrada a la vida, dueña de una extraña seguridad, de una imbatible confianza en el futuro de su hija. Como si su hija fuera un hada.

Se han invertido los papeles, se decía Sonia. Antes, ella era el hada para sus hijas. No sé cómo ha sucedido, pero sé que soy un hada para ella. Los ojos de su madre brillaban cuando la veía aparecer en el cuarto de estar. ¿Decía: «Ven, siéntate conmigo, cuéntame cosas, vamos a ver la televisión, salimos a la calle»? Sonia no recordaba sus palabras, sólo recordaba su mirada, su media sonrisa, la ilusión con que su madre la recibía en el cuarto de estar cada vez que ella decidía salir de su cuarto e ir a ver qué hacía su madre. Parecía verdaderamente sorprendida, como si estuviera presenciando un acontecimiento.

Tenía fiebre. Vino el médico. Habló de complicaciones, nada alarmante, en todo caso, aunque estaba muy serio. La fiebre iba y venía. Sonia dejaba la puerta de su estudio abierta. Estaba muy cerca de su madre, que dormía. A unos pasos. Solas las dos en casa. ¿Cuántos días fueron? Quizá ni siquiera llegó a una semana. Nadie había pensado que eso fuera a ser la muerte, algo tan parecido a una enfermedad cualquiera, una de las muchas que se tienen en la vida y de las que la gente se recupera. Fue algo más. Mucho más. No se dieron cuenta. Ni siquiera el médico, que lloró a los pies de la cama de la muerta y que luego dio unas explicaciones que nadie escuchó. Una posibilidad entre mil, una complicación en la que en algún momento había pensado y que había rechazado por improbable, por no ponerse en lo peor, en lo inevitable.

Sonia miraba sus manos manchadas de arcilla. Recordaba sus juegos infantiles. El barro a la orilla del río en los veranos. La muerte de su madre prevalecía sobre todas las cosas. El recuerdo de su mirada surgía entre cualquier otro recuerdo, se imponía.

Sonia se sumergió en un desinterés esencial. ¿Qué era lo que había perdido?, ¿la confianza que su madre tenía en ella, ese brazo firme en el que su madre se apoyaba mientras contemplaba los escaparates de las tiendas de moda? Ni Constanza ni, desde luego, las hermanas pequeñas, aún en el colegio, quisieron la ropa de su madre. Sólo Sonia se quedó con algunas de sus cosas. El abrigo beige que a su madre le venía grande y a ella un poco justo. El bolso marrón de cocodrilo. La chaqueta de cachemir azul recién adquirida. Pañuelos de seda. Pañuelos que había visto alrededor del cuello de su madre durante la infancia. Pañuelos con cabezas de perritos estampadas sobre un fondo rojo, otros perritos sobre un fondo morado, la torre Eiffel, la torre inclinada de Pisa y otros monumentos sobre un fondo claro, nubes rosadas y azul pálido, desvaído.

La ropa de su madre, ahora en los cajones de la cómoda de Sonia. Envuelta en esa ropa, seguía el vacío, el dolor.

¿Cómo recuperar la firmeza del brazo en el que se apoyaba su madre? Era una firmeza sólo para eso, para sostener la ilusión de su madre ante un escaparate, la pequeña felicidad que le daba la idea de tener ropa bonita. Pequeña, frágil, evanescente, como su misma madre, ya muerta, como todos, también los vivos. Sobre todo, los vivos.

Acudió a una psiquiatra.

—¿Qué significa el barro para ti?, ¿qué sientes cuando hundes las manos en el barro? —preguntó la psiquiatra.

Habían estado hablando de la infancia, de cuando Sonia hacía figuritas de barro a la orilla del río. No tanto un río como un riachuelo, un regato. En verano, en la huerta de sus abuelos. A la sombra de los manzanos.

¿Qué se podía contestar a esa pregunta? O nada o mucho. Todo, el barro era la felicidad. Era la creación, no sólo ser parte de la creación, sino crear. Como

164

el manzano, que producía manzanas. Como el sol, que al ser retenido entre las ramas y las hojas del árbol producía sombra. Crear era la felicidad.

Decir esa clase de cosas da vergüenza, puede parecer presuntuoso. Sonia no dijo nada.

Otro día, la psiquiatra le preguntó:

—¿Y el amor?, ¿qué significa para ti?, cuando abrazas a un hombre que amas, cuando le besas, cuando te vas a la cama con él...

Hablaron de las primeras experiencias amorosas y sexuales, del contacto físico, de la diferencia de los cuerpos del hombre y de la mujer, de ese momento en que el hombre penetraba en el cuerpo de la mujer. Era extraño, dejarse penetrar. Si eso suponía placer o no, era otra cosa. Por encima de todo, era extraño. Nunca lo hubiera imaginado. Había que entregarse, que disolverse.

Sonia se había enamorado muchas veces, pero sólo se había acostado con un hombre, el último novio que había tenido, aunque no había un novio de verdad. Era un compañero de Bellas Artes, un chico a quien, más que las artes, le interesaba la política. Había tenido otras experiencias con mujeres, sabía de qué iba la cosa. A pesar de todo, a Sonia el asunto le resultó algo traumático. Tenía un punto inaceptable. Demasiada avidez por la otra parte. Demasiada necesidad.

¿Qué era el amor? En la adolescencia, el amor era enamorarse de lejos, sentir que se ha establecido un vínculo que nadie puede ver, irse acercando, rozar la piel, extender la mano, una caricia ligera, casi etérea, un estremecimiento. ¿Cuántos amores había habido? Sólo contaban los correspondidos. Los que habían dado paso a caricias y besos. En la universidad, el amor significaba seguir, ir hasta el final, saber qué pasaba, adónde llevaban las caricias y los besos. Tenía un fin en sí mismo. Ya no tenía un significado, tenía un fin.

Tener un fin es algo bastante insatisfactorio, le dijo Sonia a la psiquiatra.

Volvió a hundir las manos en la arcilla. Casi sin pensarlo.

Terminó la carrera. Se casó, tuvo una hija. Cada dos o tres años, realizaba una exposición. Figuras pequeñas que pueden ponerse sobre la mesa baja que está junto al sofá, figuras redondeadas que transmiten cierta felicidad, que pueden tenerse entre las manos. Da gusto sentir su peso y el leve cosquilleo que produce su tacto en las yemas de los dedos.

Pasaba por etapas de inactividad. Se quedaba como absorta, sin hacer nada. Pasaba mucho tiempo en casa. Se arreglaba como para salir a la calle, se vestía y se peinaba, pero luego no salía. Por la noche, sentía un gran alivio, ¡qué buen día había pasado! Lo había hecho todo con mucha calma. Se miraba al espejo. Tenía una expresión beatífica.

Sin embargo, no dormía bien. Sus sueños eran agitados, al borde de las pesadillas. Cuanto más tranquilo era el día, más turbulenta era la noche.

Se le ocurrió que apenas veía a sus hermanas, que podían verse ellas solas, sin maridos, sin parejas. A todas les pareció bien. Fue Constanza quien escogió el lugar. Trabajaba en una farmacia, seguía siendo feminista y vivía con una amiga con quien parecía tener una relación matrimonial, aunque a sus hermanas no les había comentado nada al respecto. Fátima y Cristina habían estudiado Derecho. Fátima trabajaba en un bufete de abogados y se había casado con un abogado, aunque no trabajaban juntos. Tenía tres hijos. Cristina estaba en el paro. Se había casado con un hombre de negocios. Tenía dos hijos. Fátima y Cristina vivían cerca y se veían con cierta frecuencia, a veces con los maridos y los hijos y otras veces solas. Salían juntas de compras. Les gustaba la ropa tanto como le había gustado a su madre.

Durante la comida, bebieron vino y se achisparon un poco. Cristina le preguntó a Constanza por Maite, la amiga con quien vivía. Constanza dijo que Maite era la persona más importante de su vida. Cristina le preguntó si no pensaba salir del armario.

–¿Es que hay que hacer declaraciones? –preguntó Sonia.

Pero Constanza dijo que sí, que tenía que dar ese paso. Era Maite quien se resistía, no quería disgustar a sus padres.

–¿Y papá? –preguntó Fátima–. ¿Cómo crees que se lo tomaría?

—Papá sólo piensa en sí mismo, y ya se ha jubilado —dijo Cristina.

Fátima, de pronto, dijo que tenía un amante. No tenía claro si la cosa iba en serio. Un amor pasajero, a lo mejor sólo era eso. Cristina se rió.

—Siempre dices lo mismo —dijo.

Sonia se dijo que antes de ese amante debía de haber habido otros en la vida de Fátima y que Cristina lo sabía. Eran amigas.

No hablaron de los hijos, ni de los de Fátima ni de los de Cristina, ni de la hija de Sonia, que era la mayor de todos. Hablaron de amor, de aventuras, de emociones. Hablaron, también, de su madre. Dijeron que era como un hada. Constanza dijo que a ella la trataba de otra manera. Que era un hada para Sonia, Fátima y Cristina, pero que con ella era más distante.

—Yo creo que confiaba en ti —dijo Fátima—. Quizá pensaba que no necesitabas ayuda. La verdad es que no lo demostrabas. Siempre parecías estar muy segura de lo que hacías.

Constanza las miró, a las tres, con cierta perplejidad, como si la estuvieran acusando de algo grave.

Era una acusación, sí. Fátima y Cristina apenas habían convivido con su hermana mayor. Sonia, por su parte, jamás se había sentido su amiga. Constanza siempre había mantenido su mundo fuera de casa, lejos de ella. Cuando las amigas de Constanza venían a casa, ella, Sonia, era expulsada de su propio cuarto.

Pero las acusaciones de las hermanas pequeñas no eran importantes. Fátima y Cristina eran alegres. Ella sólo era alegre cuando hundía sus manos en la arcilla.

De eso, de figuritas de barro, de pequeñas esculturas redondeadas, de exposiciones, ninguna de las hermanas habló durante la comida.

Pero habían percibido algo. Del mismo modo que habían sabido que su madre era un hada, debían de haber visto su soledad. Una soledad a la que quizá no le hubieran dado mucha importancia, porque a fin de cuentas Sonia también era una hermana mayor y sabían, además, que tenía el barro.

Sonia se preguntó quién llamaría primero y a quién, quién tomaría la iniciativa de organizar otro encuentro entre las hermanas. Se dijo que ella ya había cumplido su parte y que, en cierto modo, ya no esperaba sacar más conclusiones. No quería hacerlo. Había que dejar de lado las conclusiones, los límites. Pero le faltaba inocencia, y, quizá, generosidad.

SUEÑOS

Cada vez que se acercaban las navidades, Ismael Luna sentía una punzada de remordimiento. Había sido durante los días previos a las fiestas navideñas cuando, años atrás, había hecho instalar una cama estrecha en un rincón de su despacho. Para decirlo claramente, había abandonado el lecho conyugal. Un abandono silencioso, no proclamado, y que, sin embargo, mostraba esa evidencia, una cama donde antes había habido un sillón. Una cama que, durante el día, se cubría con una tela floreada, ya descolorida, y cuatro cojines a juego, para que cobrara cierta apariencia de sofá.

Lo cierto es que aquel rincón había quedado tan acogedor que, cinco años después de la muerte de Berta, Ismael Luna seguía durmiendo allí.

Berta no se había mostrado en absoluto asombrada cuando Ismael le había comentado la idea.

A él le gustaba trabajar por las noches, disfrutar del silencio, y ella tenía el sueño muy ligero, cualquier ruido, por leve que fuera, podía despertarla.

—Así no te molestaré cuando me acueste —dijo Luna.

En la actualidad, la habitación en la que había pasado las últimas noches de su vida, durmiendo sola, Berta, se había transformado en cuarto de invitados. Alfredo, el único hijo del matrimonio, había recurrido a él durante su larga crisis matrimonial. Quizá, en el futuro, cuando los nietos alcanzaran la edad de las salidas nocturnas, se decía Ismael, volvería a ser esporádicamente ocupado.

A los remordimientos habituales, se sumaba ahora otro mayor. Más que remordimiento, era una extraña desazón. Se había despertado con una intensa sensación de felicidad. Antes de que su pie derecho se posara sobre la alfombra, supo a qué se debía. Había tenido sueños muy placenteros. Eróticos. Hacía mucho tiempo que no tenía sueños así. No recordaba nada. O tal vez sí. Aún sentía un placentero cosquilleo en la piel. Junto a esa rara sensación de felicidad, a su sombra, palpitaba la culpa. Berta era una mujer que siempre estaba a la espera de algo que no llegaba nunca. Y aunque él se esforzaba, precisamente por estas fechas, por hacerle unos regalos manifiestamente generosos, siempre tenía la impresión de que a ella le resultaban insuficientes. Berta se le escapaba. Para colmo, pocos días antes de Navidad, dos o tres años antes de su muerte, Ismael Luna había huido del dormitorio conyugal. Finalmente, era él quien se había escapado de Berta. En cierto modo, se había convertido en un hombre soltero. Recordaba ese momento porque tenía algo que ver con la sensación de felicidad que le invadía ahora, con el agradable cosquilleo que recorría su piel.

Abrumado por el peso de tan contradictorios sentimientos, Luna apagó el ordenador y se sentó en la butaca de cuero, junto al estrecho balcón corredero desde el que espiaba la vida de la vecindad. En verano, se pasaba mucho rato frente a las puertas abiertas del balcón, con la butaca arrimada al rodapié. Había visto a su padre, muy anciano, pasar muchas horas frente al balcón, y ahora él, no tan anciano, hacía lo mismo. Le gustaba observar el movimiento de la gente, respirar el aire perfumado por los árboles, sentirse parte de la calle. La fachada de la casa, por la tarde, estaba protegida por la sombra. Se quedaba ahí, con un libro en las rodillas, hasta el anochecer. Los días de mucho calor, después de cenar, volvía a sentarse frente al balcón. No corría una brizna de aire, pero se estaba bien allí, escuchando los ruidos nocturnos, admirando al relampagueo de las luces. Cuando, años atrás, iba a visitar a su padre y lo encontraba frente al balcón, con la mirada perdida, se había preguntado en qué pensaría o si pensaría en algo, porque parecía abstraído, instalado en un tiempo detenido. Parecía estar en paz. Ahora que era él quien estaba sentado allí –en el balcón de otra casa, no lejos de la casa donde habían vivido sus padres–, ahora era él quien perdía la mirada y dejaba de pensar.

En invierno, el balcón estaba cerrado. A primera hora de la mañana, la ristra de bombillas apagadas de los adornos navideños, levemente por encima de sus ojos, trazaba una deslucida guirnalda bajo el cielo. Otra vez la iluminación, las celebraciones navideñas, el intercambio de regalos. Aunque ahora, por fortuna, todo eso lo veía de lejos. Desde la muerte de Berta, el espíritu de la Navidad había ido abandonando la casa. El divorcio de Alfredo había supuesto otro hito. Ese año, además, Alfredo se llevaba a sus hijos de viaje, Ismael Luna no recordaba adónde, los días en que debía hacerse cargo de ellos. Si no fuera por la guirnalda de bombillas apagadas que se extendía de un lado a otro de la calle, nada recordaba la Navidad.

Mientras los demás se divertían, se abrazaban, comían y bebían más de la cuenta, olvidados casi todos de qué era en realidad lo que estaban celebrando, Ismael Luna, que tampoco se distinguía por su fervor religioso (de eso se había ocupado Berta), se dedicaba a escribir. Era historiador. Se había jubilado de su trabajo, ya no daba clases en la universidad, pero seguía investigando, desde luego. Ahora tenía entre manos un asunto del siglo XVIII, que nunca había sido su siglo. Lo suyo era el XIX. Esto era un capricho.

Sonó el teléfono. No el móvil, que apenas utilizaba, pero que solía llevar consigo cuando salía de casa, simplemente para complacer a su hijo, sino el fijo. Estaba sobre la mesa, por lo que tuvo que levantarse, cuidando de no arrastrar los pies por la alfombra para no tropezarse. Hubiera ido corriendo a coger el auricular, porque el timbre del teléfono le había causado un estremecimiento feliz, como si una sorpresa estuviera a punto de irrumpir en su vida. Pero eso sí se lo había inculcado Berta: no correr jamás.

Una voz femenina con acento extranjero. Una americana del curso de Marcelino Fuentes, se dijo Luna. Fuentes, desbordado por el trabajo, le enviaba de vez en cuando a algún alumno que buscaba orientación o, simplemente, algo más de atención. A la vez, Fuentes pensaba que le hacía un favor a Luna, porque esas consultas y conversaciones con estudiantes le mantenían en contacto con la juventud.

A Ismael Luna le gustaban esos alumnos que de pronto irrumpían en su casa llenos de preguntas e inquietudes. Se sentía renacer. Hablar no era como escribir. Al hablar, se improvisa, se escucha la propia voz. En general, se trataba de estudiantes inteligentes que consideraban que divagar, apartarse del asunto central y dar vueltas por otros territorios distintos al suyo, no era una pérdida de tiempo. En algunos casos, las consultas habían acabado en amistad. Antes de nada, el profesor se quitaba de en medio a los pedantes, por quienes sentía auténtica aversión. En la pri-

175

mera entrevista, trataba de escandalizarlos y lograba enseguida que se sintieran decepcionados.

Aquella mañana, la voz femenina halló eco en él. Ismael Luna encontró muy sugestiva aquella voz. La cita se fijó para esa misma tarde. No dejaba de ser curioso que, después de haber tenido unos sueños tan placenteros y excepcionales, le hubiera llamado una mujer. Nada de impaciencia, de todos modos. Vivir en paz consigo mismo, sin perturbaciones, era una bendición.

Las horas transcurrieron sin que fuera especialmente consciente de estar esperando nada, a nadie. De pronto, se acordaba de la cita —a las siete, como siempre, cuando daba por concluido su trabajo— y algo aleteaba en su interior, cierta ilusión. Una chica americana, sólida, guapa, de esas que miran fijamente a los ojos, tratando de ocultar su timidez, si es que la tienen.

A las cinco, Flora, la mujer ecuatoriana que se ocupaba de las tareas domésticas y que, después de la muerte de Berta, se había instalado en la casa, vino a comunicarle que salía a dar su paseo diario. Hacía algún recado y quedaba con alguna amiga, o amigo, quizá un novio. El profesor Luna no se lo preguntaba. Aunque sentía un atisbo de curiosidad, prefería mantener cierta distancia con Flora. Al fin y al cabo, vivían bajo el mismo techo, y las confidencias, en tales condiciones, podían conllevar un acercamiento peligroso.

176

Algunas tardes de primavera y las primeras del verano, Luna, acabada su jornada de trabajo, salía a la calle poco antes de que Flora llegara, y regresaba cerca de las nueve para la cena. Le gustaba estar solo en casa y le gustaba saber, cuando salía a la calle, que la casa no se quedaba sola. Por lo demás, prefería los paseos matutinos. El primer aire de la mañana, la primera luz, los primeros ruidos, los primeros paseantes: todo eso le daba ánimos. Volvía a casa, tomaba su segundo café, esta vez descafeinado, y se ponía a trabajar. Los paseos de la tarde eran más raros durante el invierno. Andar por las calles oscuras le estremecía un poco. En cambio, la sensación de estar a salvo cuando en el exterior reinaba el frío y se avecinaba la noche le proporcionaba una sensación de calidez, de refugio. Más ahora, en estas fechas en que la gente parece centrada en su círculo familiar más inmediato. La casa era el refugio de Luna, los libros, incluso los muebles, las mismas paredes del piso, su verdadera familia.

Escuchó el ruido de la puerta al cerrarse. Ya estaba solo.

De nuevo, los sueños de la noche volvieron a su cabeza. Le asaltó una inquietud, ¿y si acababa convirtiéndose en un viejo verde? Precisamente él, que nunca había dedicado mucha energía a los asuntos del sexo, ¡vaya contradicción! Y se dijo para sí la famosa frase de don Quijote cuando se cree acosado por doña Rodríguez: «Que al cabo de mis años fuera a caer donde nunca he tropezado», frase que le gustaba mucho, porque expresaba a la perfección el espíritu de travesura que embarga en ese momento al héroe marchito.

Sonó el timbre de la puerta, ¡qué sobresalto! Consultó el reloj: faltaban diez minutos para las siete. Una forma de impuntualidad. La puntualidad consiste en llegar justo a la hora señalada, se dijo, algo inquieto, y siguió a rajatabla su norma de andar muy despacio.

Allí estaba la chica norteamericana, alta, rubia, rotunda, de ojos azules, mirándole fijamente, como venciendo su timidez.

—Muchas gracias por recibirme, don Ismael. Para mí es un honor, estoy muy emocionada. Perdóneme la pronunciación, la torpeza —dijo, casi inmóvil, sin atreverse a dar un paso.

Luna la invitó a pasar.

Marilyn Dalton, ése era su nombre.

Una joven guapa y torpe. Torpe hablando y torpe moviéndose. Luna la invitó a pasar y la condujo a su despacho.

Antes de sentarse, la joven abrió el bolso y sacó un pequeño paquete atado con un lazo rojo y al que estaban adheridas unas campanillas doradas.

—Permítame —balbució, tendiéndoselo—. Un pequeño detalle por la Navidad.

Luna se sintió repentinamente avergonzado. El hecho de tener que abrir el paquete ante los ojos asombrados de aquella joven le incomodaba. Sus manos no se movían con facilidad entre la cinta roja, las campanillas doradas y el papel brillante y resbaladizo cuajado de estrellitas plateadas. Todo eran obstáculos. La joven observaba la costosa operación con mirada ilusionada. Luna se sintió como si estuviera cometiendo un acto delictivo. Como mínimo, improcedente.

¿Qué era aquello? Una funda de gafas, algo así.

–Tengo un amigo que trabaja con el cuero –dijo, complacida, Marilyn–. Hace cosas muy bonitas, espero que le guste.

Ismael Luna asintió y esbozó un amago de sonrisa. Dejó sobre la mesa el objeto, una especie de caja alargada de un cuero bastante tosco, cosida a grandes puntadas con un material más fino y oscuro. Invitó a la joven a sentarse y a exponer el motivo de su visita.

–Estoy estudiando la evolución de la novela española en el siglo dieciocho –dijo ella, acalorada–. Si no le importa, me voy a quitar el abrigo –se interrumpió, mientras se ponía de nuevo en pie y se desprendía de su voluminoso anorak–. Hace calor, ¿verdad? El profesor Fuentes –siguió– me ha dicho que usted había hecho algunas investigaciones sobre el tema. Soy muy ignorante, pero no encuentro en el siglo dieciocho español nada parecido a *La religiosa* de Diderot.

La religiosa de Diderot, un libro por el que él sentía especial devoción. Vaya.

—Una observación sumamente interesante —dijo—. ¿Se le ocurre alguna razón que explique el hecho?

—No sé, no me atrevo a especular. Usted es un sabio, yo soy una estudiante con muchos pájaros en la cabeza. Sólo son, no sé, sugerencias.

—Oigámoslas.

Marilyn no era ninguna tonta. No esbozó ninguna teoría. Siguió hablando de Diderot, luego de Voltaire. ¿Habrían podido escribirse sus obras en España?

Luna animó a Marilyn a que se explayara sobre las obras mencionadas.

Ella fue impecable, como si sospechara que le estaban tendiendo una trampa. Todo lo que decía era muy atinado, y después de cada frase, de cada observación, se quedaba callada, dejando espacio para que hablara él. Luego le preguntó qué lecturas le podía recomendar, se sentía muy perdida. Una cabeza llena de pájaros, se dijo el profesor, ya. De pájaros inteligentes y cautos, eso sí.

—No soy un especialista en el dieciocho —dijo, y observó que los ojos claros de Marilyn aún se abrían más, aún lo miraban con mayor fijeza, como absorbiéndolo—. Sólo me estoy asomando un poco a él.

Le explicó, resumidamente, el trabajo que estaba realizando. Pasó, luego, a detallar algunos puntos. La bibliografía que estaba manejando. Las sorpresas que se había encontrado. Los vacíos.

—Es apasionante —comentó ella.

180

Se oyó el ruido de la llave en la cerradura. Flora regresaba.

—Piense en todo esto —dijo Luna—. Puede venir la semana que viene, a la misma hora, el jueves, como hoy, sí. Seguiremos con ello.

Llamó a Flora y le pidió que acompañara a la joven a la puerta. Se levantó y le dio la mano.

Se dejó caer en la butaca. Se sentía sobrepasado. Cenó poco, sin apetito.

Antes de llevarse la bandeja con los restos de la cena a la cocina, dijo Flora:

—Don Ismael, le tengo que decir una cosa. Tengo novio. Pasaré la Navidad con su familia. Me gustaría presentárselo.

Luna la miró con cierta perplejidad.

—Como usted quiera, Flora. Tráigalo un día de éstos.

Flora estaba detenida delante de él, con la bandeja en las manos.

—Nunca me habla de su familia —dijo, pensativa—. No sé qué es lo que me voy a encontrar. Ojalá pudiera usted averiguar algo. Me tranquilizaría mucho saber algo antes de conocerles.

—¿Cómo quiere que yo averigüe nada, Flora? No soy detective —dijo Luna, más que irritado, desanimado.

—En cierto modo, sí lo es —dijo Flora—. Algunas veces le oigo hablar. Descubre cosas que nadie había visto. Usted es un hombre sabio, sabrá cómo hacerlo. Estoy muy desconcertada. Ni siquiera sé qué ponerme.

—Le agradezco mucho que piense que soy sabio, Flora, pero no lo soy, en absoluto.

—En todo caso, ¿se lo puedo presentar?

—Sí, cuando quiera.

—Ahora mismo vuelvo. Está aquí —dijo, casi gritando.

Flora desapareció, prácticamente volando, con la bandeja. Fue un milagro que no se le cayera.

Así que Flora había metido a su novio en el piso y lo había escondido en la cocina o en su mismo cuarto, quién sabe. Allí estaba, agazapado, esperando. ¿No era inaceptable? ¿Y a qué venía eso de que hiciera de detective?, ¿no había dicho, además, sin venir al caso, que él era un sabio, unas palabras que, por cierto, también había pronunciado la joven norteamericana?

Se oía un rumor de voces por el pasillo. Risas.

Entraron los dos. Flora, con la cara iluminada. El novio —un chico alto, fuerte, de facciones regulares, piel oscura— tenía unos ojos inmensos, de color castaño, que expresaban una gran confianza, una gran paz.

—Siéntese, por favor —dijo Luna.

Sonó el teléfono y Flora se apresuró a responder.

—Es para usted, don Ismael. Una señora extranjera, no he entendido bien el nombre.

El corazón le dio un vuelco. Otra vez el cosquilleo. La voz gutural de Marilyn Dalton le estremeció dulcemente.

Llamaba para aclarar algo que le había quedado confuso, dijo. El jueves era Nochebuena, no sabía si él se había dado cuenta, quizá era un día inconveniente, por ella no había problema, pero quería saberlo porque aún no había decidido qué hacer, a lo mejor se iba de viaje, pero si se mantenía la cita, se quedaba, desde luego, para ella eso era lo importante.

Los ojos de Ismael Luna, que mientras escuchaba las palabras de Marilyn se había sentido profundamente desazonado, se cruzaron con los enormes y cálidos ojos del novio de Flora. Ahí estaba ese hombretón de piel oscura, sentado en una de las butacas de cuero de su despacho, escuchando una conversación que no le incumbía.

—Yo no celebro la Navidad —dijo en un tono excesivamente tajante, revelador de su ánimo—. Pero de ninguna manera deseo interferir en sus planes. Váyase de viaje y llámeme a la vuelta si lo desea.

Aunque Marilyn quería seguir hablando, porque era, eso estaba claro, una de esas mujeres que de una duda pasan a otra, probablemente con el fin de enredar a sus interlocutores, Ismael Luna consiguió dejar el asunto zanjado.

Flora seguía de pie. El novio, sentado. Reinó el silencio. Dijo el novio:

—Don Ismael, ¿nos permitiría a Flora y a mí prepararle una comida de Navidad? Ya sabe que ella es muy buena cocinera, y a mí no se me da mal. Ni ella ni yo tenemos familia aquí, también estamos solos.

Luna miró a Flora, ¿no le había dicho, hacía unos minutos, que en Navidad iba a conocer a la familia del novio? Pero Flora no parecía desconcertada. Le sonreía, con la misma sonrisa amplia y generosa que tenía él.

Ismael Luna no se comprometió. Dijo que no se encontraba bien, pidió que lo dejaran solo.

Durante largo rato, escuchó rumores y sonidos que venían del otro lado del pasillo. Luego, silencio, ni siquiera se oyó el ruido de la puerta al cerrarse, algo que indicara que el novio de Flora se había marchado.

No tenía sueño, como la primera noche que había pasado allí, hacía casi una docena de años. Desvelado, se había asomado al balcón. Hacía una noche húmeda, nada fría. No pasaba nadie por la calle. No parecía invierno, ni Navidad. Se sentía muy lejos de aquella noche, como si hubieran transcurrido siglos. Los pequeños acontecimientos del día le habían agitado el ánimo.

Aquella noche apenas había dormido, no estaba cansado, no necesitaba dormir. Ahora sí. Pero sabía que no merecía la pena intentarlo, no conseguiría dormirse. Estaría atento a todos los ruidos, a la menor variación de la luz. Tenía que vigilar. De la calle venían las voces de unos borrachos, imaginó, que lanzaban gritos discordantes y entonaban estribillos de canciones, voces de personas que, después de cenar en algún restaurante, eufóricas, cantaban algo, una canción cualquiera que él no podía reconocer y que, en todo caso, no parecía una canción navideña sino una canción de verano.

Se respiraba una sensación de despropósito, como en las fiestas de disfraces, que Ismael Luna sólo podía imaginar. No había asistido jamás a una de esas fiestas. No habría sabido de qué disfrazarse, además. Pero era algo más profundo que eso: esas fiestas le intimidaban, casi le horrorizaban.

No, no quería disfrazarse, desde luego que no. ¿Para qué se disfrazaba la gente? Para ser otros, claro. ¿Acaso no quería él salir de sí mismo y ser otro, una persona completamente distinta?

Las horas pasaban, Ismael Luna paseaba por el cuarto, se sentaba, se volvía a levantar, miraba hacia la calle. Ruidos extraños aquí y allá, como de ratones que se deslizaban y corrían bajo la tarima, muebles que crujían, leves protestas de objetos inanimados.

Faltaba poco para el amanecer. Algunas veces, se despertaba justo en ese momento, cuando el cuarto empezaba a clarear. Ahora estaba iluminado con luz artificial. Casi sin pensarlo, abrió el armario y descolgó el pesado abrigo forrado de piel que nunca se ponía. El otro, el que usaba habitualmente, se encontraba en el perchero de la entrada, junto a la bufanda, los guantes de cuero y el gorro ruso que un amigo le había regalado y que pasaba los inviernos colgado del perchero. Rara vez lo usaba, como el abrigo de piel, pero a Flora le gustaba sacarlo cuando empezaban los fríos, como la señal que marcaba el principio del invierno.

Luna se cambió de calzado, se puso el abrigo, que, asombrosamente, le pareció cómodo, más ligero de lo que había supuesto, y salió con sigilo del cuarto. En el recibidor, se puso el gorro ruso, la bufanda y los guantes, abrió la puerta y llamó al ascensor.

Amanecía. A Ismael Luna le pareció que no hacía excesivo frío. Quizá porque se había abrigado mucho, como nunca. Pero se sentía a gusto dentro de su abrigo forrado de piel y con la cabeza cubierta por el astracán. Si tenía un aspecto ridículo, no importaba, no había nadie por la calle. Una o dos almas perdidas, sólo eso. Esa expresión, que acudió de pronto a su cabeza, le hizo sonreír. Almas perdidas, ¿por qué se decía eso? Almas solitarias, vagabundas, que están donde no deben, donde no hay nadie, que ni siquiera buscan algo, que deambulan para matar el tiempo.

Pero hasta las almas perdidas pueden encontrar un refugio. Hay cafeterías que abren muy temprano, precisamente para estas almas. Al cabo de un largo y errático paseo por las calles casi desiertas, Ismael Luna entró en una cafetería recién abierta.

—El primer cliente de hoy —le sonrió el camarero, al otro lado de la barra. Era un hombre de piel oscura, no tan oscura como la del novio de Flora. ¿De dónde sería?, ¿cómo había ido a parar allí?

186

—Dicen que va a nevar —dijo el hombre—. Nunca he visto la nieve.

—Es algo muy hermoso —dijo Ismael Luna.

El hombre le dedicó una sonrisa algo extasiada, como si estuviera contemplando una visión, como si ya estuviera viendo la nieve.

Ismael Luna miró al hombre que se reflejaba en el espejo del otro lado del mostrador. Casi anciano, enfundado en un amplio abrigo, tocado con un ridículo gorro ruso, ¿qué hacía allí a esas horas tan tempranas? Nada, no parecía tener prisa. A pesar del extraño atuendo, parecía un simple cliente más, un hombre que se ha despertado antes de tiempo, ha salido a la calle y se ha metido en un café. Algo habitual en él, probablemente.

LA MISMA MUJER

A la salida del médico, Lidia desciende por la calle de Serrano, disfrutando del sol de la primavera, que anuncia el calor del verano. Busca la sombra de los árboles, porque el sol es muy potente, deslumbra, quema en la cara. Si hubiera una cafetería por aquí, se dice, me sentaría y pediría un café, aunque ya ha pasado el mediodía, pero un café me vendría muy bien. Aún es pronto, seguro que David no ha tenido tiempo de hacer todo lo que pretendía.

Ése era el plan. Vivían a unos kilómetros de Madrid. David dejaría a Lidia en la puerta de la casa del médico –Lidia, por principio, o de ella o del médico, entraba sola en la consulta– e iría luego a ver una exposición de pintura en una galería de arte, quizá luego, si aún le sobraba tiempo, se pasaría por una librería para comprar o encargar los extraños libros que leía. Extraños en opinión de Lidia, cosas de cien-

189

cia, de números, de cálculos y figuras geométricas. Al término de la consulta médica, Lidia le llamaría por el teléfono móvil y David pasaría a recogerla.

Llamaría a David desde una cafetería, se dijo Lidia, cuando estuviera sentada, a suficiente distancia de la consulta del médico, dispuesta, en fin, a reemprender la vida, a retomar el hilo de las relaciones con sus semejantes. Durante el rato que había durado la consulta, y ahora mismo, mientras paseaba bajo la errática sombra de los árboles, se encontraba en una nube en la que no cabía el resto del mundo. Había un atisbo de felicidad en ese escenario.

Después de un largo recorrido, había dado con un buen médico. Lidia acudía a su consulta por lo menos dos veces al año para tenerle al tanto de sus consabidas dolencias. No, no mejoraba, convivía con ellas. Unas veces, agudos y persistentes dolores de cabeza, otras, menos agudos, más bien una sensación de pesadez. En ocasiones, era el cuerpo lo que le dolía. O ese peso, de nuevo, como si algo se hubiera filtrado en su interior y tirara para abajo. Hacía lo que podía, pero no era fácil vivir así. Con dolor casi constante. Sin diagnóstico. Los médicos a los que había visitado habían pronunciado nombres de enfermedades que a Lidia le sonaban a excusas, a subterfugios. Al cabo, había dado con un médico que la escuchaba y parecía comprenderla. Le recetaba fármacos que la aliviaban. No dudaba de la intensidad de su dolor o, como habían hecho otros médicos, de la misma existencia del dolor, se preocupaba por ella. Incluso le había dado el número de teléfono de su móvil, por si algún medicamento le sentaba mal, por si aparecía un nuevo síntoma.

Aquel día había sido distinto. Quién sabe por qué, Lidia se había encontrado hablando de Néstor, su hijo, con el médico. Tenía quince años, una edad muy difícil. Lidia sentía que lo estaba perdiendo. Estaba siempre como ido, apenas hablaba, no estudiaba, no leía (de pequeño, le encantaban los cuentos), comía de una forma muy poco educada, evitando mirarles, soltaba pequeños gruñidos como única respuesta a lo que ella y su marido le decían. David, su marido, trataba de quitar importancia al asunto, decía que Néstor estaba pasando por una mala época, cosas de la edad, él también había sido un adolescente hosco e inabordable, había que tener paciencia, confiar.

Pero Lidia se sentía íntimamente desanimada, desilusionada, casi desgarrada. Y tenía una sospecha: el chico se drogaba. Era más que una sospecha, le confesó Lidia al médico. Había encontrado en el armario de Néstor, medio escondido entre las camisetas, un pedazo de color chocolate de lo que sin duda era hachís. Había sido de forma casual, nunca se le hubiera ocurrido escudriñar en las cosas de su hijo, eso le parecía mal, le repelía, simplemente estaba colocando la ropa limpia y planchada de Néstor en su armario. Se le iba, sí, eso era lo que estaba pasando, se le escapaba, y lo raro, lo que le causaba verdadera impotencia, además del dolor, era que lo entendía, ella también quería escaparse, irse a donde fuera. Eran muy parecidos, dijo, su hijo y ella. Perderlo era como perderse a ella misma.

El médico negó con la cabeza. Luego dijo cosas –muchas, fue casi un discurso– que más tarde Lidia no pudo recordar de forma literal, pero sí aquella sensación: súbitamente comprendió que estaba completamente equivocada. ¡Qué liberación! Ella no era su hijo.

De todos modos, se dijo mientras caminaba bajo las sombras de los árboles, hablaría con él. Simplemente, le diría: Estoy preocupada.

¡Ay, si se le pasaran los dolores! Por primera vez en mucho tiempo, pudo imaginarse a sí misma sin dolores de ninguna clase, de muy buen humor, haciendo miles de cosas. En casa y fuera de ella. Fármacos hay muchos, había dicho el médico, si uno no funciona, probaremos con otro. Daremos con ello. ¿Por qué no?

Muy cerca ya de la plaza que todos llamaban «de los delfines», a causa de los delfines de hierro cuyo salto, inmóvil, recibía la cascada del agua de la fuente, Lidia vio una cafetería. Una pequeña terraza cubierta con un toldo. Pidió un café (descafeinado) y telefoneó a David. Aún estaba en la librería, pero se encontraba ya frente a la caja, pagando.

Mientras hablaba con David y le daba explicaciones sobre el lugar exacto en que se encontraba la cafetería, Lidia se fijó en una mujer que estaba sentada a una mesa algo más adelantada que la suya, hacia la izquierda.

¿Qué años tendría? Mayor que Lidia, sí. Llevaba ropa cara, se notaba a la legua, a pesar de la discreción de los colores. Predominaban los beiges y los marrones. El pelo, perfectamente arreglado en una melena corta, con mechas rubias. Delgada. Falda levemente por encima de la rodilla. La cara, que Lidia sólo podía ver en parte, cuando giraba un poco la cabeza, tenía un aire artificial. Operada, sin duda. Todo resultaba desajustado.

La mujer pidió vino blanco justo en el momento en que Lidia volvió a dejar el móvil sobre la mesa. El camarero le sirvió una medida generosa, y depositó sobre la mesa un platillo de aceitunas. La mujer sacó de su bolso marrón una agenda de piel de cocodrilo, tomó un pequeño bolígrafo o lápiz portaminas dorado y se concentró ante las páginas de la agenda abierta, mientras su mano revoloteaba sobre el platillo de las aceitunas y la base de la copa de vino. La mano, tostada por el sol, gastada por la vida, pero muy cuidada, iba y venía. Un anillo de oro, ancho, de dibujos geométricos, refulgía en uno de sus dedos. Varias pulseras tintineaban en la muñeca.

Sonó el móvil de Lidia. David ya estaba muy cerca. Tal como habían convenido, no aparcaría el coche.

Lidia bebió el resto del café que quedaba en la taza, pagó, echó una última ojeada a la mujer, y esperó, de pie en el borde de la acera, la llegada de David.

La mujer no había levantado los ojos, fijos en la agenda.

Al cabo de un mes, más o menos, a Lidia le pareció ver de nuevo a la mujer de la terraza del bar. Venía andando por la calle de Goya con la mirada abstraída. Prácticamente igual vestida, igual peinada. Andaba muy despacio, como si tuviera miedo de caerse. No se detenía frente a los escaparates.

Al llegar a su altura, Lidia la miró sin disimulo alguno. La mujer no le devolvió la mirada.

Aún no era la hora del aperitivo, la hora del vino blanco con aceitunas.

Pocos días antes de Navidad, uno de los amigos de Néstor tuvo que ser hospitalizado de urgencia. Había perdido el sentido de madrugada, en una fiesta. ¿Qué era lo que había tomado?, preguntaron los padres del chico a sus amigos. Néstor lo dijo enseguida, se trataba de una pastilla, un fármaco que, al combinarse con alcohol, provocaba una súbita e intensa euforia. El chico, después de la euforia, se había desmayado. Probablemente, saber lo que el joven había ingerido le había salvado.

La conmoción, afortunadamente, no tuvo consecuencias trágicas. Pero la tragedia les había rozado.

Lidia acompañó a Néstor al hospital a ver a su amigo, ya fuera de peligro. El chico había preguntado por sus amigos, quería saber cómo se encontraban, asegurarse de que estaban vivos. Le había entrado una gran preocupación por ellos.

—Te espero en la cafetería —le dijo Lidia a su hijo—. Tómate todo el tiempo que quieras. Me he traído un libro.

Lidia estaba leyendo *Las crónicas del dolor,* de una tal Melanie Thernstrom, que padecía un constante dolor en el hombro. Era un libro algo complicado, Lidia no se enteraba muy bien de todo lo que decía ni, menos aún, de las conclusiones que sacaba, pero le interesaba. Hablaba del dolor constante. De eso sabía mucho. Desde que había acudido al doctor Brasso, se sentía mejor, pero los problemas seguían, el dolor seguía. Siempre estaba allí, más o menos agazapado.

De manera que Lidia, sentada a una mesa frente a su café, abrió el libro.

Fue entonces cuando vio a la mujer. Apoyaba los codos en la barra. Tenía las piernas, enfundadas en medias oscuras, cruzadas, flotando sobre el suelo donde se asentaba el taburete. La melena seguía igual de perfecta, las manos, cubiertas de manchas oscuras, adornadas con anillos y pulseras de oro, iban y venían, se posaban en el bolso de piel marrón.

Sobre el mostrador, cerca de sus manos, un vaso alto, ¿de whisky?

Un poco pronto para empezar a beber, aunque el whisky se bebe a todas horas, se dijo Lidia. Más aún, en los hospitales. Lo había oído: se bebe mucho en las cafeterías de los hospitales, ¿o era en los tanatorios?

La mujer seguía allí, sin nada entre las manos —esta vez no había sacado la agenda—, excepto, a veces, el vaso, cuando volvió Néstor, que tenía prisa por abandonar el hospital. Quién sabe qué le habría dicho su amigo, qué conversación (breve) había tenido lugar entre ellos, cuáles eran, en fin, los pensamientos de Néstor. No se los comunicaría. Lidia lo sabía con sólo mirarle a la cara, la boca cerrada con cierta presión, los ojos, en otra parte.

Se apresuró a pagar su consumición. Echó una ojeada a la mujer, ¿qué miraba? No miraba nada. Pensaba o se había trasladado a otra parte, una parte del mundo donde los pensamientos no hacían falta.

Alrededor de Lidia, la gente de su edad se quejaba continuamente. Más que ella. Quizá fuera que Lidia llevaba mucho tiempo padeciendo todo tipo de dolores y ya se había acostumbrado. Quizá los dolores de los otros fueran superiores a los suyos. Pero eso era lo que había sucedido: con el paso de los años, su dolor se había nivelado con el de los demás. Ella misma se sorprendía de lo poco que se quejaba ahora. Tenía la impresión, en realidad, de no haberse quejado nunca. Había padecido sin quejarse. Aún padecía.

196

Daba largos paseos, como le había recomendado el doctor Brasso, el único médico que la había entendido, que la había ayudado a convivir con sus dolencias. Se sentaba en un banco bajo los árboles, ¡qué bien se estaba! Había llegado a ser feliz, se decía, eso era sorprendente. Así debe de ser la droga, o el alcohol, se decía. ¿No es esto lo que todos perseguimos, unos instantes de felicidad?

En las personas, se decía, he dejado de fijarme. Sólo me fijo en las cosas. Sobre todo, en los árboles. También en las luces, en el aire, en los olores. Me fijo en las cualidades de las cosas, la textura, el color. Ni siquiera en las cosas.

Un hombre se había detenido ante ella.

—¿Lidia? —preguntó.

—¡Doctor Brasso! —exclamó Lidia, sorprendida.

—Parece creer que nunca iba a volver a verme —dijo él, con una sonrisa.

—No es eso —se excusó Lidia—. Es que, no sé, no me lo esperaba aquí.

—Bueno, a mí también me gusta pasear, incluso sentarme en los bancos.

—Claro, siéntese, por favor.

El doctor Brasso se sentó a cierta distancia de Lidia.

—Tiene un aspecto estupendo, querida Lidia —dijo.

—He envejecido —dijo ella—. Pero me encuentro bien, no me puedo quejar. Por eso no le he llamado. Sí, es verdad, hace tiempo que no le llamo —dijo, algo avergonzada, como quien ha sido descubierta cometiendo una traición.

—Eso es muy buena señal —dijo él, en tono alegre—. Eso quiere decir que se encuentra mejor. Es una gran noticia para mí.

—Sigo con mis cosas, no crea, pero las sobrellevo, no me atrevo a decir que he mejorado, prefiero no decirlo... —sonrió, y otra vez se sintió avergonzada, ¿estaba coqueteando con el doctor Brasso?

—¿Y Néstor, su hijo, qué tal está? —preguntó él.

—¿Se acuerda de él?, ¿de su nombre?

—Tengo buena memoria para los nombres. Pero no estaba seguro de haber acertado. Dudaba entre Néstor y Héctor... Lo que sí recuerdo es que a usted le preocupaba mucho —dijo Brasso—. Le causaba tanto o más dolor que sus propios dolores.

—Sí, es verdad —dijo Lidia—. Está muy bien, ha salido a flote, terminó la carrera, encontró trabajo. Al final, mi marido tenía razón. Pasó por una mala época, sólo fue eso. Se casó el año pasado. Su mujer es un encanto. Una chica muy lista, bióloga. Acaba de quedarse embarazada, así que pronto seré abuela.

—Una abuela muy joven —dijo Brasso—. Entonces, ¿todo va bien en su vida?

—Viajamos mucho —dijo Lidia—. Siempre que podemos. Tenemos un grupo de amigos, gente de nuestra edad, ya sabe. Lo pasamos bien.

—¡Cómo me alegro, Lidia! —dijo él.

Sin embargo, a Lidia la frase le sonó un poco falsa. Incluso algo triste.

El doctor Brasso se levantó, le tendió la mano, se alejó.

¿Por qué toda la felicidad que había sentido momentos antes se había venido abajo?, se preguntó Lidia. Tenía la boca muy seca, le costaba tragar. Le costó un gran esfuerzo levantarse del banco, le pesaba terriblemente el cuerpo. Al salir del parque, sus ojos buscaron una cafetería. Necesitaba sentarse de nuevo.

Pasó por delante de las mesas de la terraza, entró en el bar, se sentó en un rincón. Pidió agua. Más tarde, una copa de vino blanco.

Miró a su alrededor. Hombres, en su mayoría. Una joven, sentada junto al mostrador, hablaba por el teléfono móvil. Bebía Coca-Cola.

No es que le hubiera dicho al doctor Brasso nada inconveniente, no era eso, era que no había encontrado el tono. Se había sentido sumamente desconcertada. Todo lo que había dicho no tenía ninguna consistencia, no era suyo. Ni verdad ni mentira, era algo ajeno.

Nada, todo eso no existía, se había evaporado.

Se miró las manos, gastadas por la vida. ¿Dónde estaría aquella mujer? Se la imaginó, vestida como siempre, peinada como siempre, andando lentamente por la calle sin mirar a nadie, sin edad, sin destino.

ARKÍMEDES

A mediados de julio, la urbanización iba cobrando vida. Las ventanas se abrían, se renovaban las flores de las macetas, se escuchaban voces, ruidos, motores de las máquinas de cortar el césped, el agua cayendo de los surtidores, el rumor de los aspersores. Y lo más importante, se producía la aparición paulatina de la gente. Se veía a personas transitando por los senderos, cargadas con bolsas del supermercado, que estaba a la vuelta de la esquina, nada más salir de la urbanización, o con las toallas al hombro, camino de la playa.

Alrededor de la piscina, empezaba el ajetreo del socorrista disponiendo en fila las tumbonas y la pila de toallas azules sobre la banqueta con la cesta vacía de las toallas usadas al lado, todo dispuesto para el baño de cada día, como si cada día fuera un estreno. Los españoles solían traer su propia toalla, pero los extranjeros no. Los extranjeros, en general, aunque eran veraneantes fijos, no eran propietarios de las casas. Las alquilaban para la temporada. El sol, la temperatura cálida, la brisa del mar estaban asegurados. Los propietarios, algunos, pasaban allí unos días de septiembre. Uno de ellos, Hércules, tenía tres casas. Las alquilaba las tres.

Era un hombre de unos cuarenta años largos, delgado, de estatura mediana y piel curtida, aficionado al nudismo. Pasaba los meses de julio y agosto en un camping de caravanas, a unos metros de la urbanización. Tenía un perro, un pastor alemán que respondía al nombre de Arkímedes —una sola vez, hacía años, Hércules había puntualizado el asunto de la «k»—. Arkímedes iba a su aire, entraba y salía de la urbanización y del camping sin molestar a nadie. Sin embargo, nunca atravesaba solo la carretera ni paseaba solo por la playa. Ésas eran cosas que hacía en compañía de su dueño. De vez en cuando, se escuchaba en el aire una voz que gritaba: «¡Arkímedes, Arkímedes!» Cualquiera podía llamarle. El animal acudía agitando la cola.

Hércules, de adolescente, había sido una especie de efebo. Se había casado un par de veces, se había separado, o divorciado, otras dos. No había tenido hijos en sus matrimonios, pero sus mujeres sí los habían tenido en posteriores relaciones, y Hércules ejercía de tío de un par de chicos y de una chica, frutos de las otras relaciones de sus madres, que seguían siendo, las dos, muy amigas de Hércules. A veces venían a visitarle.

Hércules era de buena familia. Era educado, atento, respetuoso. Nunca había tenido problemas de dinero. Lo que ahora tenía —las tres casas de la urbanización, la caravana, una de las mejor equipadas del camping, y una buena vida, que incluía a Arkímedes—, y que, en suma, no era nada despreciable, se lo había procurado el dinero de una herencia. Era la parte que le había correspondido del precio obtenido por la venta del negocio familiar que había fundado su abuelo, una ferretería especializada en cierres y candados. Sus padres habían preferido repartir su propia herencia entre sus dos hijos con la intención, dijeron, entre risas, como bromeando, de que éstos, necesitados de dinero, no cayeran en la sórdida pero casi inevitable tentación de desear la muerte de los padres.

El último verano, Hércules había tenido una aventura con una mujer de la urbanización. Una mujer casada, Rita. Su marido, Luis Ponce, no se llegó a enterar, pero puede que sospechara algo. Arkímedes, en cuanto divisaba a Rita, se le acercaba para lamer sus piernas y sus brazos y, si podía, encaramarse un poco, según había hecho con todas las novias de su amo, contagiado, sin duda, de la fuerza del amor. Arkímedes se compenetraba con su amo, aprobaba todas sus conquistas y, con no poca ingenuidad y fuerza bruta, aspiraba a compartirlas con él.

Las tres familias que se alojaban en las tres casas de Hércules eran extranjeras. Dos de Inglaterra y una de Alemania. Eran familias sin problemas para pagar el alquiler y que, salvo pequeñas, casi inevitables, averías durante su estancia –grifos, cisternas y electrodomésticos–, o detectadas inmediatamente después, dejaban la casa en condiciones razonables. Hacía más de tres años que alquilaban las casas y representaban una garantía de ingreso fijo para Hércules. De una forma natural, sin esforzarse, Hércules estaba atento a sus necesidades y les daba los consejos que le solicitaban.

Las dos familias inglesas ya estaban instaladas, pero los alemanes se estaban retrasando. De hecho, puede que no vinieran, aunque ya habían pagado el alquiler y no descartaban una fugaz escapada a finales de agosto. Habían tenido una emergencia. La madre de la mujer –se trataba de una pareja de unos sesenta años, y Hércules ni siquiera conocía la existencia de la madre– estaba hospitalizada y se preveía un fatal e inminente desenlace.

¿Vendrían los Ponce?, se preguntaba Hércules al pasar por delante de su casa, en la que aún no había señales de vida. ¿Volvería a ver a Rita?, ¿volvería a surgir entre ellos esa chispa, esa atracción que les había llevado tantas veces, a horas completamente desusadas, a citas clandestinas en la caravana? ¿Tantas veces? Quizá no tantas, pero ahora parecían muchas. Todo parecía mucho porque parecía improbable.

No había sido fácil para Rita encontrar esos huecos para sus escapadas. Luis Ponce era un hombre ordenado a quien le gustaba tener tiempo para todo, lo que suponía practicar una rutina casi férrea. A la vez, eso era una ventaja. Luis daba un paseo por la playa al punto de la mañana, jugaba al tenis a media tarde, se subía a la bici al anochecer y se acercaba al pueblo, donde hacía una parada en el bar Central y se tomaba una Coca-Cola —no bebía alcohol— mientras comentaba los últimos acontecimientos políticos con el dueño del bar o con otros parroquianos. Cenaban en casa, en la terraza, y después tomaban algo en casa de algún vecino o en la propia, acompañados de esos u otros vecinos. Pero había dos niños por medio y eso era algo más difícil de manejar. Durante el día, cada familia hacía su vida. Por las noches, se reunían en casa de unos o de otros. Alguna vez, salían a cenar fuera, al pueblo o a algunos de los restaurantes que salpicaban la costa. Entonces contrataban a una *babysitter*. No faltaban por allí hermanas mayores, primas, cuidadoras a quienes les convenía hacerse con unos euros de más.

Había huecos, pero había que buscarlos, que prepararlos. Y podían fallar. Seguridad total nunca la había. Eran las vacaciones, nada era de verdad urgente ni necesario.

Rita recurrió a su amiga Merche, que no tenía condiciones para escandalizarse de las infidelidades conyugales, aunque aquel verano estuviera atravesando una etapa de entusiasmo matrimonial. Rita se escudó en falsas salidas con Merche, paseos, recados, compras, retrasos debidos a falsos encuentros. Mentir no era agradable, pero había que hacerlo.

No sabía qué sentía exactamente hacia Hércules. En opinión de Merche, se trataba de simple atracción sexual. Lo mejor era darle rienda suelta, agotarla. Hércules era muy atractivo, eso no se podía negar, un hombre muy apetecible, medio errante, medio rico, bien educado, respetuoso, amable (no exactamente simpático), pero nadie había hablado mucho con él, nadie le conocía de verdad. Merche estaba segura de que, al final del verano, Rita ya se habría aburrido de él.

Rita no estaba tan segura, porque de quien estaba aburrida era de Luis. Normas y costumbres fijas, nada fuera de su tiempo ni de su lugar. Para Luis, no existían la improvisación ni las sorpresas. A su lado, Rita se sentía vacía, desilusionada, como si le hubieran arrebatado algo impreciso pero esencial. Posiblemente, no estaba enamorada de Hércules, pero se imaginaba viviendo con él en la caravana, sin saber qué haría al día siguiente, feliz de no saberlo. La caravana era un signo de libertad. ¿Qué hacía Hércules durante el resto de los meses del año? Viajaba, le dijo él, tenía un amigo que se dedicaba a la importación de artesanía india, telas, objetos de madera, de metal, abalorios, todo de buena calidad. Había viajado para él y finalmente se habían hecho socios. Las cosas ahora estaban un poco paradas, pero ya se les ocurriría algo. El amigo era un empresario nato, siempre daba con una especie de filón, durara lo que durara. Vivía en Madrid, en un piso enorme frente al Retiro.

Pero ni Rita ni Hércules hablaron nunca de verse en Madrid. La idea implícita que flotaba entre ellos era que se trataba de una aventura de verano. Una mujer casada y con tres hijos, atada a miles de obligaciones domésticas, y un hombre aparentemente libre, desligado. Un hombre que vive con un perro. Pero un hombre con propiedades e ingresos fijos (¿cuántos?). No era un salvaje, no era un auténtico hippie. No quería, al parecer, mujeres a su lado. No constantemente. Tenía muchas amigas, decía, amigas lejanas y amigas íntimas, amigas para pasear o para nadar, para consolar o ser consoladas, para dar o recibir compañía y amor. Con la excepción de su socio, Hércules era un hombre más de amigas que de amigos. A las mujeres les gustaba tenerlo cerca, por lo que fuera. En parte, por su imagen de hombre libre, disponible siempre, que no pide demasiado, ni demasiado amor ni demasiada conversación. Una compañía cómoda. Un hombre con quien una mujer puede dejarse ver y suscitar, incluso, entre las otras, envidia y curiosidad.

Los encuentros en la caravana –a media mañana, a la hora de la siesta, al anochecer– no duraban más de una hora, y precisamente eso, su brevedad, era lo que los hacía tan intensos. Rita no había experimentado jamás una pasión como aquélla. Cuando se despedían, Hércules la miraba con ojos soñadores, pero nunca decía: «Te quiero.» Ella tampoco. Mientras se alejaba del camping, camino de la urbanización (un camino muy corto), se sentía colmada y agotada a la vez, como si hubiera sido sacudida por una conmoción, lo que era bastante exacto.

Disfrutaba de ese breve recorrido hasta su casa. La brisa del mar por las mañanas, la sombra de los árboles al mediodía, la caída del sol de los atardeceres. Sola, a unos pasos del mar, era plenamente consciente de todos los detalles del escenario, como quien está dentro de un cuadro, atravesándolo. La luz, la temperatura, la gente que se cruzaba con ella sin apenas mirarla. Nadie podía imaginar de dónde venía, nadie se lo preguntaba. Era la dueña de un secreto, un tesoro, que no quería compartir con nadie. En la caravana había alcanzado el colmo de la felicidad, el placer más intenso, pero ahora era cuando se daba cuenta, cuando lo revivía con delectación, entre suspiros y medias sonrisas, y lo guardaba en su interior, lo sentía latir, adueñado de su corazón, de su vida.

La noche que seguía a los encuentros en la caravana, durante la tertulia nocturna, Rita hablaba más, bebía más, reía más. Le brillaban los ojos, se movía con una seguridad nueva. Cualquiera podía darse cuenta. Pero a aquellas horas de la noche, todo estaba permitido, nadie ponía demasiada atención en lo que hacían o decían los otros. Un día más del verano había concluido y tenían que sellarlo, darle el visto bueno, irse a la cama diciéndose ¡qué bien me lo estoy pasando!, ¡qué vida tan buena!, ¡qué fácil la felicidad!

Nada de mensajes comprometedores en el teléfono móvil, eso estaba prohibido. Hércules, además, odiaba los teléfonos móviles, incluso los ordenadores. En muchos aspectos, Hércules era un hombre antiguo. Su misma forma de vivir, que parecía bohemia, era, si puede decirse, conservadora. Le gustaba la improvisación, pero dentro de ciertas normas. ¿Era, en el fondo, tan distinto de Luis?, se preguntaba Rita. Pero no le interesaba la vida de Hércules. En las pocas ocasiones en que Hércules le había hablado de sus viajes, de su socio, de los negocios, de sus planes para el invierno, Rita se había apartado, internamente, de él. Esas anécdotas y detalles la aburrían. No estaba enamorada, no quería compartir su vida con Hércules. Era una aventura. Pero gracias a ella sentía de nuevo el pálpito de la vida.

«¿Todo bien?», le preguntaba de vez en cuando Merche. A veces, la advertía: «Ten cuidado, no te enamores, protégete, enamorarse es más fácil de lo que parece.»

«Lo sé, no te preocupes», decía Rita.

No estaban enamorados, ni Hércules ni Rita. Sólo compartían los ratos de la caravana, a espaldas, a escondidas del mundo. Sólo tenían ese mundo, el de la pasión. No buscaban más.

«¿Volverás el verano que viene?», «¿estarás aquí el año que viene?», esas preguntas no se hicieron. Cuando Rita, durante el otoño, pensaba en Hércules (con más frecuencia de lo que hubiera esperado), se decía que esas preguntas no se habían formulado porque, en cierto modo, los dos querían dar por supuesto que sí, que Rita volvería, que Hércules seguiría estando ahí. Habían preferido no preguntar para no arriesgarse, querían confiar en los silencios, en todo lo que viene sin ser expresamente convocado. En los deseos. Si los dos lo deseaban, la aventura volvería, sin repeticiones, nueva. Mejor no pensar en eso. Los dos, además, eran propietarios de sus casas, gente fija dentro de los pobladores de la urbanización. Lo más probable es que se volvieran a ver.

Sentada a la mesa de la oficina, desde la que veía pasar a gente camino de la biblioteca, sentía que los recuerdos del verano se iba alejando de ella día a día. En casa, el ajetreo cotidiano, la comida, la ropa de los niños, los deberes del colegio, la distraían. Rita se liberó del recuerdo de Hércules. La caravana había rodado hacia atrás, era un escenario del pasado, una antigüedad.

No se lo dijo a nadie –«Me he olvidado de Hércules»–, ni siquiera a su amiga Merche. No hacía falta. Miraba con complacencia a Luis, y se sentía agradecida por su carácter rutinario y metódico, su necesidad de orden, que la incluía a ella. Se sentía perfectamente integrada en la vida. Quería dar un paso más. Se quedó embarazada. Cuando supo que, en esta ocasión, se trataba de una niña, la alegría la desbordó. Pensaba en posibles nombres para la niña, se veía empujando un carrito, una silla, llevándola de la mano por la calle, sentada a su lado, en el sofá, igual que ella, identificada completamente con ella, dispuesta a vivir de nuevo con la vida de ella.

Hasta el momento en que, en pleno mes de julio, toda la familia se dirigía —Luis y ella especialmente armados de paciencia, ya que el viaje era muy largo y los niños se quejaban— hacia el pueblo de la costa donde estaba enclavada la urbanización, no volvió a pensar en Hércules. Inesperadamente, su recuerdo volvió. Pero era, simplemente, una imagen que la hacía sonreír.

Atravesaron el pueblo, que le pareció hermoso. Llegaron a la urbanización, exuberante de plantas, deslumbrantemente limpia, entraron en la casa, amplia, bien amueblada, las camas hechas, las toallas en los colgadores, la nevera, con los alimentos esenciales, un jarrón con flores sobre la mesa del comedor. Ana María, la asistenta, tenía esos detalles. Siempre preparaba la casa como si se tratara de una ocasión especial. Lo hacía todos los años, pero a Rita le pareció que aquel año se había esmerado, quizá quería felicitarla por el embarazo, aunque ella no le había dicho nada, pero Merche ya había llegado y podría habérselo dicho. Ana María también trabajaba en su casa.

Los primeros días se los tomó con calma. El ritmo del verano se fue introduciendo sin esfuerzo. Luis empezó sus actividades deportivas. Gracias a ellas, decía, se mantenía en forma. Aunque practicaba deporte los fines de semana, era en verano cuando se empleaba a fondo para mantenerse delgado y ágil.

Un día, Rita vio a Hércules de lejos. Salía de una de las casas que poseía en la urbanización, quizá la que solía alquilar a los alemanes, que ese año no habían venido. Otro día, lo vio en la playa, lo que le extrañó, porque Hércules se bañaba en la playa nudista, pero iba en compañía de una joven, una adolescente, y Rita se dijo que probablemente era su sobrina, es decir, la hija de una de sus ex mujeres. Le pareció bien que no la hubiera llevado a la playa nudista.

Alguien le dijo, días después, que los alemanes no iban a venir ese verano y que la sobrina de Hércules, por llamarla así, aprovechando su ausencia, se alojaba en su casa, que era mucho más cómoda que la caravana. Además, ya tenía una edad en la que no parecía conveniente que pasara las noches (¡ni los días!) a solas con un hombre, aunque lo conociera de toda la vida, en una caravana. Según se decía, había sido el mismo Hércules quien había expuesto la situación a los alemanes y les había pedido, quién sabe a cambio de qué, una rebaja, algún servicio extra, que dejaran que Alma, la sobrina, ocupara uno de los dormitorios de la casa. Hércules siempre estaba muy ocupado. Atendía a sus inquilinos, cuidaba de su sobrina y mantenía (era de suponer) limpia y en orden la caravana.

Rita lo veía de lejos. De hecho, lo veía casi todos los días en un lado o en otro, pero él no parecía verla a ella. Usaba unas gafas de sol de cristal de espejo, por lo que sus ojos quedaban fuera del alcance de los otros, y llevaba la cabeza cubierta por una gorra de visera amplia. Era un poco invisible. Se le veía, pero poco, de una forma rápida, fugaz. Andaba por ahí, pero no estaba tan disponible como los demás años.

Arkímedes sí. Merodeaba por la urbanización, se dejaba acariciar por los niños, husmeaba. Seguía lamiendo las piernas y las manos de Rita. Ella lo acariciaba. Era un viejo amigo, ligado a algo que ya no recordaba bien, un viejo amigo que proporcionaba una sensación de confianza, de familiaridad.

El embarazo apenas se le notaba. Una niña, se decía, y repetía para sí los nombres, Genoveva, Catalina, Almudena, Esperanza... Nombres largos, quizá para compensar la brevedad del suyo, nombres que se pronunciaban lentamente, deleitándose en ellos.

¿Y Hércules?, ¿había visto a Rita? Sí, la había visto. No se había acercado a saludarla porque ella no le había mirado. Le habían dicho que estaba embarazada, eso cambiaba las cosas. Mejor dejar esa historia. Imaginaba que una mujer embarazada era un territorio casi sagrado, como si Rita, durante ese proceso, sólo estuviera centrada en la paulatina formación del bebé, sólo sirviera para eso. Las mujeres embarazadas le inspiraban respeto y rechazo. Se sentía al margen del fenómeno de la procreación. No tenía hijos, nunca había querido tenerlos. Esos vínculos pesaban. En realidad, eran un atraso. En opinión de Hércules, la humanidad avanzaría cuando se pusiera fin a la procreación estrictamente biológica, había que romper lazos con la madre naturaleza. La solución estaba en el laboratorio, sí. No hablaba de eso, no discutía si es que alguien sacaba este tema de conversación. No tenía el don de la palabra ni lo quería tener. Lo pensaba, y punto.

Tenía otras cosas en las que pensar, además. La otra tarde había visto a su sobrina Alma hablar animadamente con el socorrista. Berni era un chico simpático, a Hércules le caía bien. Para precisar: le había caído bien hasta el mismo momento en que lo había visto inclinado sobre Alma, que tomaba indolentemente el último sol de la tarde, echada sobre la tumbona. A partir de ahí, no. Nada de nada. Conocía a Berni. Siempre andaba detrás, piropeándolas, de las mujeres de la urbanización. Era un chico de lo más corriente, pero tenía encanto. Y éxito. Su método, si método era, daba resultado. Eso decía él, al menos, y no había por qué ponerlo en duda. Hércules a veces pensaba que todas aquellas mujeres, pululando medio desnudas por los senderos de la urbanización y alrededor de la piscina, parecían estar pidiendo algo, que se les hiciera caso, desde luego, que las miraran. Puede que algo más. Su propia experiencia con Rita lo corroboraba. Se habían conocido en los senderos de la urbanización, se habían gustado de inmediato. No habían hecho falta muchos preámbulos. Los dos habían sabido, desde el principio, de qué iba la cosa. Hércules había invitado a Rita a visitar su caravana, después de que ella le hubiera preguntado si era vecino de la urbanización, a lo que él había contestado que no, pero que vivía muy cerca, en el camping. Todo fue muy fácil, facilísimo. Rita visitó la caravana al día siguiente, a la hora de la siesta, mientras Luis jugaba al tenis y Merche cuidaba de los niños. Hércules hizo un té de menta. Luego vino una cerveza. Fue la propia Rita quien extendió la mano hacia él.

Había sido su única aventura con una mujer de la urbanización. Había salido bien. Pero Hércules no era Berni. Él era propietario de tres casas. Era mejor no repetir. No es que se lo prohibiera expresamente —Hércules no se prohibía, expresamente, nada—, pero poseía una especie de cautela natural, nunca daba más pasos de los necesarios. Sobre todo, en asuntos de mujeres.

No sabía cómo tomarse el asunto de Alma y Berni. Alma tenía dieciséis años, ya no era una niña. ¿Qué iba a decirle?, ¿que tuviera cuidado con Berni?, ¿por qué?, ¿era Berni un caradura, un sinvergüenza? No del todo. Era un ligón, un conquistador. También él lo había sido a su edad. ¿Era Berni mala persona?

No lo parecía. Pero no le gustaba para Alma, eso era. No veía a Alma con él, ni un día ni un mes ni nunca. ¿Serían celos?

A Hércules no se le había pasado por la cabeza tener algo que ver con Alma, la hija de Margot, su primera mujer. La conocía, prácticamente, desde que había nacido. Sin embargo, al verla tendida a la sombra de Berni, sintió algo, una pequeña conmoción. Quizá fuera simple nostalgia. Él ya no era tan joven. En su interior había una especie de tristeza, de amargura. Un pequeño poso, muy pequeño, pero lo advirtió en ese momento y le dolió como si fuera enorme, como una amenaza. Por primera vez se preguntó si su vida ya sería siempre así, si había llegado a donde tenía que llegar, y sintió pena de sí mismo.

Al final del verano, tomó una decisión. Vendería las casas, echaría el cierre de la caravana y se iría, todavía no sabía adónde. Habló con sus inquilinos –con las familias inglesas, en el porche de sus casas, y con la alemana, por teléfono, aunque reforzó la comunicación a través de correos electrónicos– y les hizo una oferta muy favorable para ellos.

–Quiero cambiar de vida –les dijo–. No me pidan que les rebaje el precio, ya es bajo.

Estuvieron de acuerdo. Nadie regateó.

Concluyó el verano, y Hércules desapareció. Con Arkímedes.

Fue un invierno duro. No por el frío, sino por las enfermedades. La única, en toda la familia, que

216

no cayó enferma fue Rita. Luis, los niños, la propia madre de Rita, sus hermanas, sus maridos, sus hijos, todos pasaron unas gripes espantosas, cuando no neumonías.

A mediados de marzo, nació la niña, la de los mil nombres, todos muy largos. Azucena. Había nombres más largos, pero la niña tenía la piel blanquísima y el nombre, en el que Rita nunca había pensado, acudió inmediatamente a sus labios. Azucena, la flor que tanto les gustaba a las monjas del colegio. Azucena, ¿cómo no se le había ocurrido? No porque Rita sintiera añoranza del colegio, ni, mucho menos, de las monjas, de las que en general no tenía buenos recuerdos, sino porque a ella, de pequeña, también le gustaba mucho esa flor, su olor, la suavidad con que los pétalos iban tomando forma, abriéndose, el contraste con el color verde del tallo y de las hojas.

Merche la fue a visitar al hospital. Hacía tiempo que no se veían. Rompió a llorar.

—Ricardo me ha dejado. Se ha hartado de mí.

Rita no pudo evitar pensar, mientras contemplaba el llanto de Merche, que esas confidencias estaban fuera de lugar. Ése no era el momento ni el lugar de lamentarse. Acababa de nacer su hija. Tenían tiempo de sobra para hablar de eso. Además, ¿a qué venía ese llanto? Merche había hecho siempre lo que le daba la gana. Nunca había sido especialmente considerada con Ricardo. Más de una vez la había oído decir que era un hombre egoísta, sin sentimientos, incapaz de

217

pensar en los demás ni, desde luego, de ponerse en su lugar.

Volvieron a verse algo después. Merche parecía algo más recuperada.

El verano transcurrió como siempre. Se instalaron en la casa de la urbanización. Allí también se habían producido algunos cambios. La casa de Merche y Ricardo estaba desocupada. Merche había ido a pasar el verano con sus padres. Los ingleses y los alemanes que ocupaban las casas de Hércules sí estaban, pero no Hércules. Ni Arkímedes. Tampoco el socorrista. Al parecer, se encontraba en Londres. ¿Se sabía algo de la sobrina de Hércules, la que vivió el año pasado en la casa de los alemanes? Sí, también estaba en Londres. ¿Se fueron juntos? Sí. Había otro socorrista. Era una mujer, tenía el cuerpo fibroso, muy musculado, y la piel curtida por el sol. Practicaba el windsurf en su tiempo libre. No era ni la mitad de simpática que Berni.

Para Rita, el cambio, el verdadero cambio, estaba en la existencia de Azucena. Paseaba, empujando el cochecito donde la niña dormía o miraba, complacida, el cielo, por los senderos de la urbanización, se sentaba al borde de la piscina, iba a la playa, hacía la compra en el supermercado. Por las noches, volvieron las tertulias nocturnas. Algunas veces hablaban de Merche y decían que había que animarla a venir, todos la ayudarían. Era una mujer guapa, seguro que encontraba a alguien. Era cuestión de tiempo, el verano que viene estaría mucho mejor.

218

Pasa el tiempo. Otoños, inviernos, primaveras, veranos. Merche no volvió a la urbanización, vendió la casa. O la malvendió, como en su día hizo Hércules con las suyas. Durante aquellos largos años, todo se malvendía. Pero eso no fue la gran novedad, ni mucho menos. Rita y Luis se divorciaron. A todo el mundo le asombró mucho, a nadie se le había pasado por la cabeza que ese matrimonio no marchara bien. Luis, poco después, se fue a vivir con Merche.

Rita siguió pasando los veranos en la urbanización.

Aparecieron, Rita y sus hijos, a mediados de julio. A Rita no le importaba no tener pareja, se las arreglaba bien sola. Los niños tenían once y trece años, Azucena, seis. De vez en cuando, Rita tenía un novio, unas veces duraba más y otras menos.

Leía, cosía, hacía extrañas labores con las manos —cojines, sombreros, bolsos—, se bañaba en el mar y en la piscina, no añoraba la oficina ni echaba de menos a sus compañeros de trabajo, paseaba, tomaba cafés y copas de vino.

Alguien le dijo que Hércules había vuelto, que vivía, como siempre, en la caravana.

Pasó por delante del camping. Llevaba a Azucena de la mano. Ahí estaba Arkímedes, seis años más viejo, tumbado. A la sombra, a la puerta del camping. Rita le acarició la cabeza y Arkímedes, con los ojos cerrados, movió la cola. Luego se irguió y se pegó a ella.

—Sabes quién soy, ¿verdad? —decía Rita.

Se acercaron a la caravana. Limpia, reluciente, tal como Rita la recordaba. A un lado de la caravana, había una mesa de teca y cuatro sillas. Y plantas bajo las ventanas. Todo eso era nuevo.

Arkímedes se enderezó y golpeó la puerta con una de sus patas. Aún podía hacer eso, a pesar de las canas. Se oyó la voz de Hércules.

—Ahora abro, no seas impaciente.

Rita miraba la puerta, que se abrió lentamente hasta que la figura de Hércules llenó todo el umbral. Gafas, pero no de sol, no llevaba gorra de visera, el pelo más corto, una sonrisa en los ojos, una taza de café en la mano. Unos años más viejo, como Arkímedes, como ella misma. Unos años menos jóvenes.

—¿Tenemos visita? —preguntó.

Rita asintió y señaló a la niña.

—Es Azucena —dijo.

Hércules se las quedó mirando a las dos, como si no acabara de comprender qué hacían allí o quiénes eran.

—¿No me reconoces? —dijo Rita.

—Claro que sí, no has cambiado nada. No sabía que andabas por aquí.

Hércules salvó los escalones de la caravana, les tendió la mano. A la niña y a la mujer. Les señaló las sillas y las invitó a sentarse.

Hércules volvió a entrar en la caravana. Trajo café y unas galletas de color oscuro. Luego, zumo de naranja para Azucena.

—Pruébalas —dijo Hércules a Azucena, acercándole el plato de las galletas—, son muy ricas, las hace una amiga mía.

Una amiga mía, se dijo Rita, ¿qué significará eso? Quizá no mucho. Hércules siempre estaba rodeado de amigas.

—Me contaron algo —dijo luego Hércules mirando a Rita.

Tenía los ojos marrones, con manchas verdes. Rita nunca se había dado cuenta de las manchas verdes.

—Sí —dijo Rita—. Han pasado muchas cosas. Ricardo se esfumó. Luis y yo nos separamos. Luis y Merche viven juntos.

—¿Estás sola?

—Con los niños. ¿Dónde has estado tú?

—En muchos sitios —dijo Hércules—. Dilapidando mi gran fortuna.

—¿Qué hiciste, entretanto, con Arkímedes?

—Bueno, yo iba y venía. Cuando estaba fuera, lo llevaba a la granja de unos amigos. Ha estado bien cuidado.

—Ya veo, sí.

El camping olía a pino. El café estaba muy bueno. Las manchas verdes de los ojos de Hércules se movían ligeramente, se iban al fondo, subían a la superficie, un movimiento casi imperceptible, una danza suave, a cámara lenta. Por un instante, Rita se vio ahí, desayunando todos los días junto a la caravana, paseando por la playa, una de sus manos sosteniendo la mano de Azucena, la otra, acogida en el hueco de la mano curtida de Hércules, los niños correteando, jugando, delante de ellos.

Arkímedes trotando, trotando aún, sobre la línea de espuma de la playa.

ÍNDICE